도록!

서로가 서로를
기쁘게 환대하는
세상을 위해
- 아밀 드런

낯선 사랑도 두렵지 않습니다.
-송경아

어디서 이렇게 좋은 향기가 나죠?
사랑이에요.
옆에 보시면 사랑이 있어요.
이주란

모두에게 평안한 계절이
되길 기원합니다.
김유진.

사랑의 강을 무사히 건너서길
꼿꼿하게 묵묵하게 한 방향으로
가끔 서로의 얼굴을 바라보면서
2022가을 이주혜

실패와 좌절 속에서도
기꺼이 사랑할 날들을 위해

성해나——

나의 레즈비언 여자 친구에게

나의 레즈비언
여자 친구에게

이유리

아밀

송경아

이주란

김유진

이주혜

성해나

차 례

보험과 야쿠르트

나의 애인, 혜원은 오늘부로 야쿠르트 아줌마가 되었다.

　오랫동안 재취업에 애를 쓰던 혜원의 직장이 결정된 것은 분명 기쁜 일이었고 받아 온 유니폼도 내 어릴 적 기억과는 달리 꽤 세련되게 바뀌어 혜원에게 찰떡같이 어울렸지만, 그렇지만. 유니폼에 챙 달린 모자에 흰 장갑까지 끼고 서서는 어색하게 웃는 혜원을 보자 나는 속에서 치받쳐 오르는 이 말을 도저히 참을 수가 없었다. 혜원의 얼굴을 바라보며 나는 나지막이 중얼거렸다.

　…야쿠르트 아줌마.

　야쿠르트 주세요.

　야쿠르트 없으면…

혜원이 별안간 장갑을 벗어 내 얼굴에 던지는 바람에, 끝까지 부르지는 못했다.

그러므로 우리는 이제 야쿠르트 아줌마와 보험 아줌마 커플.

둘 다 마흔이 넘은 이 마당에 아줌마라는 단어에 발끈하고 싶지는 않으나, 우선 직함 앞에 우리가 파는 물건의 이름이 아무렇지도 않게 들러붙은 이 모양새가 멋지지 않다. 대개 이런 일을 당하는 직종은 정해져 있다. 종사하는 이는 많지만 그중 대부분이 하고 싶어서 하는 일은 아닌 직업, 어린이들의 장래 희망으로는 절대 언급되지 않는 그런 직업. 예를 들어 의사는 절대 '병원 아줌마'로, 우주 비행사는 절대 '우주 아줌마'로 불리지 않는다. 만약 누군가 그들을 그렇게 부른다면 즉시 맹렬한 비난을 받을 거다. 그게 무슨 교양 없는 말이냐고, 그건 의사를 혹은 우주 비행사를 비하하는 발언이라고.

하지만 우리는 어쩔 수 없는 야쿠르트 아줌마와 보험 아줌마이며 그렇다는 것은, 세상에는 비하받는 게 당연한 직업이 실제로 있으며 나와 내 애인의 직업이 바로 그것이라는 뜻일 테다.

이 이야기를 하자 혜원은 팩 짜증을 냈다. 애써 취직했는데 축하는 못 해줄망정 답답한 소리나 늘어놓는다는 거였다. 그리고 네 생각은 너무 고루하다고도 했다. 너는 보험 아줌마가 아니라 'FC컨설턴트', 나는 야쿠르트 아줌마가 아니라 '프레시 매니저'라면서. 프레시 매니저? 묻자 혜원은 입에 침을 튀겨가며 야쿠르트 아줌마의 본명, 아니 원래 이름이 그거라고, 아무도 모르긴 하지만 어쨌든 확실히 그런 이름이 정해져 있다고, 요즘은 때밀이 아줌마도 세신사고 급식 아줌마도 영양사님인 세상이라고 일장 연설을 늘어놓았다. 그러더니 마지막에는 급기야 뜬금없는 소리를 빽 질렀다.

"나라고 거기 그렇게 입고 서 있는 게 재밌고 좋은 줄 알아?"

그러고 나서 혜원은 잔뜩 성난 황소처럼 어깨를 위아래로 들먹이며 거친 숨만 내쉬고 서 있었다. 나는 혜원에게 다가갔다. 혜원의 머리를 가슴에 꼭 끌어안고 조심조심 쓰다듬었다. 괜찮아. 재밌고 좋지 않은 거 알아. 아냐 아냐, 취업 축하해. 우리 돈 벌고 모으고 아껴서 차곡차곡 잘 살자. 응, 그렇게 하자. 나는 조용조용 속삭였다. 따끈따끈 열이 오른 혜원의 머리통이 내 품속에서 천천히 식었다.

혜원의 출근 첫날이었다. 퇴근하고 돌아오자 현관에 혜원이 벗어 던져놓은 유니폼이며 모자가 뱀 허물처럼 널브러져 있었다. 스타킹 신은 발로 그것을 경중경중 뛰어넘으며 눈으로는 혜원을 찾았다. 혜원은 소파에 웅크려 깊이 잠들어 있었다. 텔레비전을 틀어놓은 채였다. 깨우지 않으려고 발뒤꿈치를 들고 살금 살금 지나가는데 기어이 혜원이 실눈을 떴다. 아직 잠에 취한 얼굴로 왔어, 말하며 턱짓으로 식탁을 가리켰다. 식탁을 보니 작고 길쭉한 플라스틱병 하나가 놓여 있었다.

"그거 제일 많이 사 가더라."

혜원이 다 까라진 목소리로 중얼거렸다. 그러고는 다시 잠들려는 듯 고개를 반대로 떨구고 눈을 감았다. 나는 식탁으로 다가가 병을 살펴보았다. 간건강 간케어 쿠퍼스. 알약이 든 커다란 플라스틱 컵이 붙어 있어 꼭 외계 생물의 알처럼 생긴 음료였다.

"알약도 먹는 거야?"

돌아보고 물었지만 이미 깊게 잠든 혜원은 대답이 없었다. 나는 알약을 입에 집어넣은 뒤 음료를 꿀꺽꿀꺽 마셨다. 시큼들큼하고 묽은 맛이었다. 오늘 혜원에게 이것을 사 간 사람들도 이렇게 했겠지, 혜원의 앞에서 꿀꺽꿀꺽 목울대를 움직이면서 한 방울도 남김없이 들이켰겠지, 그리고 생각했겠지. 간아 좋아져라 좋아져라 하고. 부디 그들의 간이 좋아졌기를, 그리고 내 간도 좋아져라 좋아져. 오래오래 벌어먹으면서 오래오래 살도록.

다 마시고 나니 입 안에 허연 찌꺼기가 남았다. 나는 그것을 싱크대에 퉤퉤 뱉어냈다.

돈이라도 쥐고 있어야지, 늘그막에 기댈 남편도 자식도 없으면서.

라고 누군가 말한 적이 있었고 분하게도 그 말에 담긴 악의를 감각하기도 전에 먼저 수긍해버리고 말았다.

그렇구나.

기댈 곳이 없구나.

참으로 그렇구나.

사실 악의를 느꼈다고 해서 무슨 그런 말을 하냐고 뻗댈 처지도 아니었던 것이 첫째로 그 누군가란 바로 나의 엄마였다. 늘그막이라는 것이 구체적으로 몇 살부터 시작되는지야 모르겠으나 아무튼 엄마에겐 실제로 기댈 수 있는 남편과 자식, 물론 당연히 나는 아니고 결혼하여 엄마 무릎에 손자를 둘이나 앉혀준 나의 오빠가 있다. 딱 남의 집 남편만큼만 속을 썩이는 남편과 딱 남의 집 아들만큼만 다정한 아들. 엄마는 내 나이가 되기 훨씬 전부터 이미 그런 것들을 갖고 있었고 그 편리랄지 불편이랄지를 평생 속속들이 누려왔다. 그리고 그런 사람이 내게 말하는 것이다. 너에게는 이것이 없지, 하고. 그러므로 수긍할 수밖에. 예, 없습니다.

가지고 싶지도 않았어, 라고 쏘아붙이지 못한 것은 그날 엄마가 내게 돈을 보내주었기 때문이었다. 달라고 하지도 않았다.

그냥 갑자기 오랜만에 전화를 걸어와 이런저런 것을 묻고 웬일인지 혜원의 안부까지 물은 끝에 돈을 좀 보내줄까 묻는 거였다. 갑자기 웬 돈이냐고 묻자 오랫동안 묵혀둔 땅이 갑자기 팔려 목돈이 생겼다고 했다. 묵혀둔 땅 그런 게 있었냐, 생각하며 얼마 줄 건데? 하니 천만 원 정도, 하며 깜짝 놀랄 만한 액수를 말했다. 그러고는 저 말을 한 거였다. 너에게는 기댈 곳이 없으니, 돈이라도 쥐고 있으라고. 당시 우리에게 돈이 꼭 필요한 일은 없었다. 그러나 천만 원은 탐이 났다. 나나 혜원이 갑자기 아프다면. 지금 이 집에서 갑자기 쫓겨난다면, 같은 긴급 상황까지 생각지 않더라도 그랬다. 나는 그걸로 나와 혜원이 살 수 있는 물건과 시간을 떠올렸다. 여윳돈을 쪼개 아주 조금 모아둔 통장에 그 정도 목돈이 더해진다면 든든할 것 같았다. 그런 마음이 왜인지 부끄럽고 서글퍼 입을 다물고 있는데 엄마는 그러거나 말거나 황급히 덧붙였다. 너희 오빠네한텐 비밀이다. 땅 판 것도, 돈 준 것도. 거기다 대고 나는 어차피 연락도 안 하는 사이에 뭘, 하고 구차한 대답을 하고 말았다. 전화를 끊고 몇 분 뒤, 돈이 입금되었다는 휴대폰 알림이 띠링 울릴 때까지 그 구차한 기분을 마음껏 곱씹고 물어뜯었다.

물론 혜원에게는 그런 이야기를 하지 않았다. 그저 엄마가 땅을 팔았다며 천만 원을 보내주었다는 사실만을 전했다. 예상대로 혜원은 눈을 동그랗게 뜨고 뛸 듯이 기뻐했다. 받을 때 기분이 어땠든 간에 그 기뻐하는 얼굴을 보자 나도 기뻤다. 우리 이걸로 뭐 할까, 나는 신이 나서 떠들었다. 여행을 갈까? 멋진 곳은 아니어도 남들 다 가는 동남아, 아니 제주도 정도는 호화롭게 갈 수 있을 거야. 아니나, 중고 경차를 한 대 사는 건 어때? 이번 기회에 너랑 나랑 면허도 따고. 그러다 혜원의 표정을 보고서야 입을 다물었다. 무슨 생각을 하는지 말하지 않아도 알 수 있었다. 혜원은 한참 그 표정으로 나를 빤히 바라보다가 변기, 하고 말했다.

변기?

응 변기.

그래서 우리는 그 돈으로 변기를 고쳤다. 오 년 동안 살았던 월셋집의 변기를. 어느 겨울, 기온이 영하로 떨어져 변기가 얼어붙은 일이 있었다. 그걸 녹여보겠다고 바보같이 펄펄 끓는 물을 부었는데 변기가 가운데부터 쩍 갈라져 거의 두 동강이 나버렸다. 깨먹은 건 우리지만 원래부터 낡은 물건이었으므로, 혹시나 고쳐주지 않을까 싶어 집주인에게 전화를 걸었으나 사정을 말하자 되레 욕을 먹었다. 꽁꽁 언 데에 뜨거운 물을 부으면 당연히 깨지지, 알 만한 사람들이 바보같이 왜 그랬느냐고. 아무튼 꼭 고쳐놓고 나가라는 당부에 '알 만한 사람' 둘은 아무 말도 못 하고 전화를 끊었다. 일단 변기는 당장 사용해야 했으므로 실리콘으로 틈새를 덕지덕지 메꿔놓았다. 물이 새지는 않았지만 보기에는 끔찍했다. 실리콘에 물때며 곰팡이, 배설물의 흔적들이 쌓이기 시작하자 더 그랬다. 본래 깔끔한 성격인 혜원은 변기 때문에 집에 누굴 부르기가 창피하다고 자주 말했다.

그러므로 그 돈 천만 원을 헐어서, 우리는 변기를 고쳤다. 비용을 아끼려고 인터넷 쇼핑몰에서 양변기를 주문해 동네 철물점에 설치를 부탁했다. 변기 가격에다 출장비까지 합해 이십만 원이 들었다.

나머지 구백팔십만 원은, 저축했다.

물론 늘그막에 기댈 대상으로 혜원을 생각하지 않은 것은 아니다.

출근길에 그것을 생각했다. 나는 혜원에게, 혜원은 나에게 기댈 수 있을까. 기댈 수 있다면 어디까지 기댈 수 있을까. 기댄다는 것은 뭘까. 역시 돈일까. 엄마가 그러듯이 돈벌이를 누군가에게 전담시키고 그 대가로 살림과 돌봄을 맡는 것이 기대는 것일까. 머릿속으로 계산기를 두드려보았다. 우리는 매달 각각 백오십만 원 정도를 번다. 둘이 합하면 삼백만 원. 월세에 관리비, 각종 공과금, 보험료, 휴대폰과 텔레비전과 인터넷, 거기에 교통비와 식비를 제하면 백만 원 정도, 아니 대부분 그보다 적게 남는다. 그것을 저축한다. 그렇게 모은 돈이, 삼천만 원 정도 있다. 그리고 살고 있는 월세방의 보증금이 이천만 원이므로 우리가 가진 돈은 오천만 원 정도인 셈이다. 적은 돈은 아니지만 큰돈도 아니다. 둘 중 하나가 수입이 끊기거나 병이 들거나 크게 다친다면 봄볕에 눈 녹듯 녹아 사라질 돈이다. 노후를 대비할 수 없는 돈이다. 서로에게 기댈 수 없는 돈이다.

늙고 가난한 레즈비언. 보험을 파는 레즈비언과 야쿠르트를 파는 레즈비언.

그런 것이 있다고는 생각지도 못했던 시절도 있었는데. 나는 씁쓸하게 생각했다.

그러거나 말거나 지하철은 착착 달려 이윽고 사당역에 섰다. 와그르르 내리는 사람들에 섞여 나도 내렸다. 내가 다니는 보험 회사가 이곳에 있다.

이곳에서 내가 하는 일을 큰 카테고리로 나누자면 두 가지다. 첫째로는 당연히 보험을 파는 일. 그렇다고 보험 아줌마 하면 흔히 생각하는 그런 일, 그러니까 친척이나 지인들에게 무턱대고 터무니없는 조건의 보험을 권유하거나 교묘하게 얼버무려 속여 넘기는 짓은 하지 않는다. 그게 가능할 만큼 아는 사람이 많지도 않고. 내가 주 타깃으로 삼는 것은 이미 우리 회사 보험에 가입되어 있는 고객들이다. 그들에게 전화를 걸어서 더 많은 질병과 상해를 보장받는 대신 가격은 조금 더 비싼 보험으로 갈아타도록 권유하는 것이다. 아예 새로운 가입을 권하는 것보다는 이게 좀 더 잘 먹힌다. 물론 몇 가지 레퍼토리가 있다. 예를 들어 암 관련 보장이 추가로 붙은 보험을 권하는 경우에는 음식에 대한 얘기를 곁들이면 좋다. 혹시 오늘 점심에도 찌개나 매운 국물 드시지 않으셨어요? 전 세계에서 우리나라가 대장암 발병률이 가장 높은 나라인 거 아시나요? 같은. 또 현재 고객이 가입한 보험보다 조금 많이 비싼 것을 권할 때는 '저도' 화법이 의외로 꽤 통한다. 그렇죠, 매월 이 가격이면 좀 부담스럽긴 하죠. 그런데 저도 사실은 이 보험에 가입해 있거든요. 제가 벌어봤자 얼마나 벌겠어요. 근데 팔려고 공부하다 보니 이 보험이 너무 좋아서, 이건 꼭 들어야겠다 싶어서 일단 들어놨거든요. 여기까지 들은 상대방이 솔깃해한다면 이렇게 덧붙여도 좋다. 솔직히 말씀드리는데, 이 상품은 팔면 팔수록 보험사가 손해라서 아마 금방 판매가 중단될 거 같아요, 라고. 물론 거짓말이다. 세상 어느 멍청이가 팔면 팔수록 손해인 상품을 만들고, 그걸 팔려고 사람까지 고용해서 앉혀놓는단 말인가. 하지만 이 말은 생각보다 효과가 있다. 대기업의 허점을 찔러 그들의 눈먼 돈을 가로챌 수 있다는 생각만으로도 사람들은 기분이 좋아지곤 하니까.

　아무튼 이렇듯 전화를 걸어 더 비싼 보험을 파는 것이 나의 첫 번째 일이다. 그리고 두 번째는, 별것 아닌 것처럼 보이지만 사실은 아주 중요한 일이다. 여기에서 데이터베이스 즉 DB라고 부르는 고객의 전화번호를 배분받는 일이 바로 그것이다. 말했듯이 타깃은 이미 보험에 가입된 이들이므로 DB에는 고객의 성별과 나이, 거주지역, 월수입 같은 대략적인 개인정보가 들어가 있다. 본사에서는 이것들을 엑셀 파일로 만들어 한 달에 한 번씩 각 부서의 팀장에게 내려보내고, 팀장이 이것을 팀원들에게 분배하는 것이다. 언뜻 듣기엔 합리적인 시스템으로 보이지만 사실은 그렇지 않다. 통계적으로 남자보단 여자, 젊은 사람보단 나이 든 사람, 수입이 적은 사람보단 많은 사람이 고액 보험에 가입할 확률이 높으니까.

　이 회사에는 기본급이 없다. 오로지 새로 성사시킨 계약 건수만큼 지급되는 인센티브가 수입의 전부다. 그뿐인가, 가입 고객이 일정 기간 내에 계약을 철회하면 받은 인센티브를 고스란히 뱉어내야 한다는 조건까지 있다. 자칫 잘못하면 한 달 내내 일은 일대로 하고 돈은 한 푼도 벌지 못할 수도 있다는 거다. 그러므로 팀장에게 좋은 DB를 넘겨받는 건 그 달 수입과 직결되는 중요한 일이 아닐 수 없다.

우리 팀은 나를 포함해 세 명뿐, 팀장까지 쳐서 넷인 조촐한 구성이다. 나이대는 넷이 비슷하지만 그중에 아이가 없는 건 나뿐이다. 특히 팀장은 나와 동갑인데 벌써 아이가 셋이다. 둘째가 그만 쌍둥이로 태어났다나. 나머지 두 동료도 각각 초등학생, 중학생 아이를 키우고 있다. 뭐 고만고만하긴 하지만, 이 세 사람 중 가장 실적이 좋은 사람을 따지자면 바로 나다. 그러나 항상 가장 좋은 DB는 저 두 사람에게 주어진다.

　그 이유는, 그들에게는 책임질 것이 있으니까.

　언젠가 팀장이 퇴근 후 나를 따로 불러내 삼겹살에 소주를 사준 적이 있다. 그러면서 이렇게 말했다. 희주 씨, DB 때문에 마음 상하지 마. 어쨌든 희주 씨는 우리보단 팔자가 좀 낫잖아. 팔랑팔랑 혼자고, 자기 입 말곤 신경 쓸 거 없고. 퇴근하면 적어도 엉겨드는 애들이랑 남편 치다꺼리 없이 푹 쉴 거 아냐. 아무튼 나도 그렇지만, 애들 학원비라도 벌려고 애 떼어놓고 나온 심정 생각하면 난 도저히 그 둘한테 매정하겐 못 하겠어. 그러니까 희주 씨가 조금만 이해해줘.

　하나만 해 하나만, 하고 소리 지르고 싶었다.

　누구는 나를 불쌍히 여기는데 또 누구는 나를 부러워하고, 이거 이거 진짜 이상하지 않아요? 진짜 나한테 이러면 안 되는 거 아니에요? 내가 어떻게 사는지, 우리 혜원이가 어떻게 사는지는 알아요? ······그런 말들을, 불판 위에 삼겹살을 꾹꾹 눌러 지지며 참았다. 말해보았자 이해받을 리 없었고 돌아올 대답 역시 이미 들은 것처럼 뻔했으니까. 네가 좋아서 그런 삶을 선택한 것이 아니냐고 하겠지. 좋을 대로 하고 살면서 왜 책임은 멀쩡히 사는 타인에게 돌리느냐고 하겠지. 그렇다면 이제 내 삶이 얼마나 멀쩡한지에 대해, 내 삶과 너희의 삶이 크게 다르지 않다는 것에 대해 요구하지도 않은 증명을 열심히 해보여야 하는 처지에 놓이고 만다. 그러나 증명한다고 알아주느냐 하면 그것도 아니다. 끄덕끄덕, 그래그래, 희주 씨도 힘들었겠네, 그리고 다음 날 아침 출근하면 나를 보는 팀원들의 눈빛은 달라져 있겠지. 저 사람 레즈비언인가 그거래. 여자 애인이랑 산대. 웬일이야, 다 늙어서 징그럽게.

그래서 그날은 아무 말도 하지 못한 채 공짜 삼겹살과 소주를 꾸역꾸역 배 속에 채워 넣는 데 집중했다. 지하철역에서 내려 집까지 걸어가는 길에는 과일 트럭에서 자두를 한 봉지 샀다. 알이 굵고 검붉게 익은 게 혜원이 딱 좋아할 것 같아서였다. 과연 집에서 기다리던 혜원은 웬 자두냐며 대뜸 봉지에 달려들었다. 뽀득뽀득 씻어낸 자두를 채반에 담아 식탁 위에 올려놓고는 싱크대에 씨를 뱉어가며 베어 먹었다. 여름이 다 됐지 뭐야, 자두가 다 나오고. 입 속에 가득한 단 즙을 삼키며 우리는 뭐 그런 말을 나눴던 것 같다. 이 계절에 자두를 먹는 대부분의 사람들이 그러는 것처럼.

혜원과 연인으로 지내온 것이 어언 십팔 년째, 그러므로 우리는 서로의 이십 대를 알고 있다. 그뿐인가, 비록 어른이 된 이후 동창회에서 다시 만나 가까워진 사이긴 하지만 원래 우리는 여고 시절 같은 반이었던 인연이 있다. 말하자면 서로의 인생을 통틀어 모르고 지낸 시간보다 알고 지낸 시간이 더 긴 셈이다.

고등학생 시절, 혜원은 핸드볼부였고 소년 같은 헤어 스타일에 전교에서 유일하게 바지 교복을 입고 다니는 아이였다. 훤칠한 키에 짙은 눈썹, 운동하는 애답지 않은 뽀얗고 매끄러운 피부. 혜원은 어딜 가나 튀었다. 같은 반 애들은 물론이고 한 학년 위 선배들도 혜원을 왕자님 보듯, 연예인 대하듯 했다. 나중에 알고 보니 혜원은 핸드볼에 전혀 관심이 없었고 그저 교복 바지를 입을 수 있다길래 입단한 것이었지만, 어쨌든 당시 우리 여고는 전국 고교 핸드볼부 가운데 꽤나 실적이 좋은 편이었기에 선생들도 혜원을 예뻐했다.

반면에 나는 두꺼운 안경을 쓰고 교실 맨 뒷자리에 앉아 교과서 밑에 깔아놓은 공책에 만화 끄적이기를 좋아하는 좀 음침한 아이였다. 드러내놓고 따돌림을 당하는 건 아니었지만 마음을 붙일 만한 친구도 내게 관심을 갖는 선생도 없었다. 성적은 중하위권, 잘하는 과목 없음, 장래 희망은 최대한 눈에 띄지 않는 사람.

그리고 몇 년이 흐른 뒤에는 어땠나. 동창회에 나타난 혜원과 나는 각자의 기억 속 모습과는 완전히 달라져 있었다. 혜원은 실습 나온 교생 선생님 같은 얌전한 투피스에 분홍빛 하이힐을 신고 등장해 모두를 놀라게 했다. 가느다란 금팔찌를 낀 손으로 입을 가리고 웃는 혜원에겐 무뚝뚝한 소년 같던 모습은 온데간데없었다. 그리고 이번엔 내가 고등학생 시절 혜원과 비슷한 모습이 되어 있었다. 대학에 들어가자마자 교내 성소수자 동아리에 가입했는데 그곳 선배들의 영향을 받은 거였다. 아무튼 거기서 연락처를 교환했고 마침 살고 있는 곳이 가까웠던 덕분에 몇 번 만나서 밥도 먹고 술도 마시고, 서로의 성향을 언뜻언뜻 내비치며 조심조심 줄다리기를 하다 어느 날 기어이 연애를 시작했다. 나는 대학교 사 학년으로 졸업을 앞두고 있었고 혜원은 첫 직장에 취직한 지 얼마 안 되었을 즈음이었다.

내가 졸업하고 직장을 구한 뒤에는 각자의 자취방을 정리하여 하나로 합쳤다. 비록 반지하지만 방이 세 개나 있는 월셋집을 얻은 것이다. 보증금 이천에 월세 오십, 관리비 오만 원. 관리비에는 주차장 사용료 만 원이 포함되어 있었다. 지금이나 그때나 둘 다 차는커녕 운전면허도 없었지만, 그때는 그런 것들이 우리에게도 조만간 생길 거라고 믿었으니까. 그래, 그때는 그런 생각을 하고 있었다. 둘 다 가진 돈도 능력도 개뿔 없었으나 그래도 이 개미 오줌만 한 월급을 차근차근 모으면 곧 남들처럼 차도 생기고 집도 넓히고, 혹여나 운이 좋으면 동성혼이 허용되는 나라로 둘이 훌쩍 이민을 떠나 거기서 결혼하고 아이도 입양하고 그럴 수도 있을 거라고. 가끔 잠자리에 누워 그런 이야기를 진지하게 하기도 했었다. 이왕이면 여자아이가 좋겠지, 그 외에는 인종도 외모도 상관없어, 근데 아이 이름은 영어로 지어줘야 하나 그건 싫은데. 그러면서도 함께 본 외국 시트콤에서 주워들은 영어 이름을 주워섬겼다. 똑 부러지는 여자인 〈프렌즈〉의 모니카, 능력 있는 여자인 〈빅뱅이론〉의 베르나데트, 용감한 여자인 〈브루클린 나인나인〉의 에이미. 나도 혜원도 그런 어른이 아니면서, 있지도 않은 우리의 딸아이가 이런 어른으로 자라길 상상하고 바랐다.

그리고 무슨 일들이 있었나.

혜원의 첫 직장은 빌딩 하나를 통째로 쓰는 중소기업의 로비였다. 혜원의 업무는 거기 차려놓은 데스크에 남색 투피스와 하이힐 차림으로 인형처럼 서 있다가 들어오는 손님들을 원하는 층으로 안내하고 우편물을 챙기고 잡상인을 쫓아내는 것이었다. 거기서 일하며 심한 족저근막염을 얻었다. 치료를 미루고 미루다가 더 심해졌고 염증을 제거하는 수술을 받은 뒤 꽤 오랫동안 걷기는커녕 혼자 서 있지도 못하는 꼴이 되었다. 병가를 낼 수 있을 리가 없었으니 결국 스스로 그만두었다.

나의 첫 직장은 육아 용품을 파는 온라인 쇼핑몰이었다. 말이 좋아 MD였지 온갖 잡다한 일을 도맡아 했다. 물건 사진을 보정하고 업로드하고 재고를 체크하고 포장하고 배송하고 사이트를 관리하는 건 물론 광고 배너까지 만들었다. 스스로는 열심히 일했다고 생각했는데 사장은 나를 마음에 들어 하지 않았다. 대표전화가 울려도 받지 않는다는 게 이유였다. 전화는 보통 물건의 품질이나 배송에 불만을 가진 고객들이 걸어온 거였고 어쨌든 그곳에서 내가 맡은 역할은 상품 관리지 고객의 불만을 상대해주는 것이 아니니 그럴 필요가 없었다고 지금도 생각하지만. 아무튼 사장은 구미에 맞지 않는 나 같은 직원들을 야금야금 괴롭혀 제 발로 내보내는 데 도사였다. 멀쩡한 상품 상세페이지에 이유 없이 태클을 건다거나 발주한 물건에 불량품이 섞여 있는 것을 내 탓으로 돌리는 둥, 생트집을 견디다 못해 결국 그만두고 말았다. 일 년을 채우지 않았으므로 퇴직금 없음, 자진 퇴사이니 실업급여 없음.

그 뒤로 구한 직장들도 대개 비슷했다. 이런저런 이유로 그만

두거나 잘렸다. 원래부터 위태위태했던 회사가 기어이 망한 적도 있었다. 어쨌든 어디서도 이 년 이상을 버티지 못했다. 분명히 항상 어딘가에 소속되어 있긴 했고 아침에 일어나면 출근을 저녁에는 퇴근을 하는 삶을 살긴 했는데 누군가 그래서 무슨 일을 하느냐고 물으면 꼭 집어 말하긴 어려웠다. 경력도 특기도 자격증도 모은 돈도 없이, 물에 빠진 사람이 발버둥 치며 물을 먹듯 나이만 되게 먹었다.

그리고 삼십 대 후반에 접어들면서 우리는 각자 한 번씩 사이좋게 아팠다.

나는 포궁에 근종이 생겼고 혜원은 신장에 결석이 생겼다. 내 경우에는 어느 평범한 아침에 평범하게 일어나 세면대 앞에서 평범하게 양치질을 하다 말고 그대로 기절했다. 있는지도 몰랐던 근종이 안에서 터진 거였다. 혜원이 바로 발견하여 119를 불러주지 않았다면 그대로 죽었을지도 모른다. 온 장기에 피 찌꺼기가 들러붙었다나. 응급수술을 받았고 피 주머니와 오줌 주머니를 나란히 차고 드러누웠다. 그리고 내 몸이 채 회복되기도 전에 이번에는 혜원이 배를 쥐고 고꾸라졌다. 그전부터 옆구리가 쑤신다는 말은 종종 했었으나 그래 우린 이제 있는지도 몰랐던 부분이 갑자기 아프기 시작할 나이지, 하며 무심히 넘긴 것이 실수라면 실수였다. 신장에 손톱만 한 돌이 여러 개 생겼다고 했다. 내가 입원했던 종합병원에 혜원도 입원했다. 결석 자체도 끔찍스럽게 아픈 병이었고 그걸 부숴서 빼내는 과정 역시 고통스럽기는 매한가지였다. 지켜보는 나 역시 입술이 거멓게 타들어갔다. 대신 아파줄 수 있다면 백 번이고 대신 아프겠지만 그럴 방법이 없으니 애꿎은 의사를 대신 붙잡고 이게 다 무슨 일이냐고, 왜 이런 일이 생긴 거냐고 물었다. 의사는 간단히 대답했다. 몸이 피로해서 그렇다고. 그 말에 말문이 턱 막혀버려 더 이상 묻지도 따지지도 못했다. 피로해서. 가느다란 팔목에 이런저런 줄을 끼우고 시체처럼 누워 잠든 혜원의 옆에서 그 말을 오래오래 곱씹었다. 예쁜 나의 애인 혜원은 피로했다. 장기에 돌이 생기는 줄도 모를 만큼 피로했다. 그게 돌이 아니라 혹이었을 뿐, 나 역시 마찬가지로 그랬다. 그토록 피로하여 번 돈으로 다만 피로한 삶을 겨우 유지할 수 있었다. 앞으로도 그럴 것이다.

컨디션 회복에만 집중했는데도 다시 일을 할 수 있는 몸으로 되돌아가기까지는 반년 이상이 걸렸다. 나는 그나마 부모와 연락은 하고 지내는 사이였지만 돈을 부탁할 염치는 없었고 혜원은 가족에게 의절당하고 집을 나온 지 오래인 처지였다. 도움을 구할 만한 친구도 이웃도 없었다. 그동안 모아둔 아주 적은 돈을 조금씩 헐어다가 겨우 굶어 죽지 않는 수준의 생활을 하며 버텼다. 출퇴근길 대중교통을 견딜 수 있을 만큼 몸이 나아지자마자 나는 휴대폰 부품을 만드는 공장에, 혜원은 카메라 렌즈를 조립하는 공장에 각각 취직했다. 둘 다 월급을 근무시간으로 나누어보면 최저시급과 비슷한 곳이었다.

슬슬 불편함을 느낀 건 일이 익숙해지고 나서였다. 쌀알만 한 부품을 핀셋으로 집어 기판에 끼워야 했는데, 눈앞이 흐릿하고 침침해서 아무래도 또렷하니 보이지 않는 거였다. 시력이 나빠졌나 하고 안과를 찾아가 시력검사를 했더니 그게 아니었다. 노안이 온 거라고 했다. 노안? 무심코 되물으니 의사가 말했다. 심하진 않지만 책을 읽거나 뭘 자세히 들여다보기엔 조금 불편하실 겁니다. 돋보기안경을 하나 맞추시면 좋아요. 그러고는 아마도 내가 접수하며 적은 개인정보겠지, 모니터에 떠오른 뭔가를 슬쩍 보더니 덧붙였다. 좀 이르지만 이제 슬슬 그럴 나이시네요.

그때 깨달았다. 지금 이것조차 언젠가는 불가능한 시기가 온다는 것을.

그렇다. 지금은 피로를 팔아 피로한 삶을 사고 있지만 어느 시점에는 그조차 할 수 없는 때가 올 것이다. 내 노동의 가치는 조금씩 떨어질 것이고 결국에는 누구도 돈과 그것을 바꾸려고 하지 않을 것이다. 이미 노쇠하고 병들어 고칠 곳투성이인 몸뚱이를 어디서도 찾아주지 않을 것이다.

그때가 온다면 어떻게 해야 하지.

도저히 알 수 없었다.

일단 할 수 있는 것을 하자는 심정으로 안과 바로 밑의 안경점에 갔다. 이만 원짜리 돋보기안경을 샀다. 혜원이 차분한 느낌의 얇은 금테를 골라주었다. 그것을 쓰고 집으로 돌아왔다.

그것이 벌써 또 몇 년 전의 일이로구나.

안경 덕분인지 공장 일은 꽤 오래 했다. 해를 넘겼을 무렵 손목 연골이 삐걱거려 그만두긴 했지만, 좋은 일자리였다고 지금도 생각한다. 그 뒤에도 각자 몇 가지 일자리를 더 옮겨 다녔음은 물론이다. 떠내려가는 유빙 위에 올라탄 두 마리 펭귄처럼 조금이라도 더 안전해 보이는 곳으로, 혹은 뛰어넘어가기 편한 곳으로, 오직 그것만을 염두에 두면서. 그러다 결국엔 여기에 도착한 것이다. 나는 보험 아줌마, 혜원은 야쿠르트 아줌마.

지금은 혜원도 돋보기안경을 하나 가지고 있다. 가끔 신문을 읽거나 뜨개질을 할 때면 꼭 그것을 찾아 쓴다. 내 것과 같은 금테 안경이다. 그걸 쓰고 있으면 왠지 아주 똑똑해진 것 같은 기분이 든다. 실제로는 전혀 그렇지 않겠지만.

모든 것이 처음과 크게 변하지 않았다. 살고 있는 집도, 가진 돈도, 함께 먹고 입는 것들도. 그러나 그중 가장 중요한 것은 이긴 세월 동안 내가 혜원을 사랑했고 사랑하고 사랑할 것이며,

혜원 역시도 그럴 거라는 사실이다. 그거면 됐다. 더 바랄 것도 없고 더 바랄 수도 없다. 방법이 없다면 찾지 않으면 된다. 최소한 찾지 않는다는 것만은 스스로 정할 수 있으니까. 나는 서랍장 속에 굴러다니는 혜원의 안경을 볼 때마다 그런 말을 되뇌며 윗옷 앞섶을 길게 뺀다. 언제 혜원이 그걸 찾을지 모르니, 안경알을 잘 닦아두려는 것이다.

여름에는 한강에 개장하는 풀장에 간다. 일인당 오천 원에 마음껏 여름 분위기를 즐길 수 있는 좋은 곳이다. 가을에는 도시락을 싸 들고 관악산에 올라 단풍을 본다. 겨울에는 각자 목도리를 꽁꽁 싸맨 채로 골목을 걷는다. 눈사람을 만들어 아무 집 담장에 일렬로 늘어놓는다. 봄에는 시장의 좌판에서 나물을 한 움큼씩 사 온다. 혜원은 달래장을 비빈 무밥에 냉이된장국을 먹어야 비로소 봄이 왔다고 믿는 사람이다. 퇴근하고 돌아온 저녁에는 연속극을 함께 본다. 다음 화의 내용은 어떻게 될지부터 시작해 거기 나오는 배우들의 사생활까지, 잘 알지도 못하는 이야기를 실컷 떠들다가 잠든다. 날이 밝기도 전에 혜원의 알람이 울린다. 갤럭시 휴대폰의 기본 알람음.

어디선가 이런 글을 읽은 적이 있다. '매일매일을 미국 인기 시트콤의 주인공이라고 상상하며 살아라. 실수를 했다면, 어딘가에서 날 찍고 있는 가상의 카메라를 향해 입을 내밀고 어깨를 으쓱해 보이면 그걸로 끝이다. 한 화가 끝나면 모든 것이 리셋되고 다음 화가 시작되듯이 엉망진창인 오늘도 끝나면 내일이 된다.' 왠지 그럴듯한 말이라 기억해두었고 혜원에게도 말해주었다. 혜원은 그런 말에 잘 감화되는 타입이 아니었으므로 흥, 하고 대꾸하곤 그만이었지만.

혜원의 출근은 여섯 시 반. 노란 유니폼을 입고 새벽같이 집을 나서는 혜원을 볼 때마다 나는 속으로 노래를 부른다. 야쿠르트 아줌마, 야쿠르트 주세요, 야쿠르트 없으면… 아마 우리의 인생이 시트콤이라면, 이 노래는 혜원이라는 캐릭터의 테마 송일 것이 틀림없다. 그 노래가 어떻게 끝나더라. 동네마다 조금씩 다르긴 했지만 우리 동네의 경우 '야쿠르트 없으면 요구르트 주세요'였다.

그런데 이 노래의 끄트머리를 입 속에서 돌돌 굴리다 보면 나는 문득 덜컥 불안해진다. 야쿠르트 없으면 요구르트를 달라는데, 그런데 요구르트도 없으면 그땐 어떡하지. 야쿠르트도 요구르트도 그 비슷한 것도 없다면. 그땐 뭘 줘야 하지.

그러면 그다음엔, 우리는 어떤 노래를 부르게 될까.

나는 믿는다, 사랑이란 세상에 존재하는 모든 가치보다 높은 것이라고. 사랑은 어디에도 갇히지 않고 무엇에도 발이 걸리지 않으며 언제나 마지막에는 있어야 할 곳에 정확하고 명료하게 놓이곤 한다. 무엇이 무엇을 무엇으로서 사랑하는지는 상관없이. 그러므로 우리는 그저 놓아두었으면, 사랑이 자유로이 제 할 일을 할 수 있도록.

이유리

소설집《브로콜리 펀치》가 있다.

나의 레즈비언 뱀파이어 친구

기영의 인생에서 미나는 유일한 레즈비언 친구였다. 유일한 뱀파이어 친구이기도 했다. 두 가지 다 친구로서는 비범한 요소이겠지만, 굳이 따지자면 기영에게는 전자를 받아들이는 과정이 더 어려웠다.

　중학교 시절 단짝이었던 미나는 기영에게 커밍아웃과 동시에 사랑 고백을 했다. 라일락이 짙은 향기를 내뿜던 5월의 어느 날이었다. 하굣길 담장 앞에서 미나는 기영을 붙잡고 불쑥 말했다. 나 실은……. 이제 와 돌이켜보면 그때 미나의 얼굴에 서려 있던 감정은 두려움보다도 자포자기였던 것 같다. 받아들여지지 않을 줄 뻔히 알지만 그럼에도 고백하지 않을 수 없는 사람이 짓는 표정. 왜 그래야만 했을까? 기영은 지금까지도 이해가 잘 되지 않았다. 어쨌든 그때까지 미나가 자신과 꼭 붙어 다니고, 좋아하는 음악들을 녹음한 믹스 테이프를 선물하고, 아침마다 집 앞으로 데리러 오고, 공중전화에서 가진 돈을 다 털어긴 통화를 하고, 길 안쪽으로 걷게 하고, 가끔 지나치게 힘껏 손을 잡아 쥐었던 것이, 그 모든 것이 무슨 의미였는지를 뒤늦게 깨달은 기영은 충격을 받았다. 새삼스러운 충격이었을 수도 있다. 그동안 미나와의 사이에서 낭만적인 긴장을 느끼지 않았다고 한다면 거짓말이었다. 느꼈을 뿐만 아니라 즐겼다. 더 나아가 소중히 여겼다. 미나는 기영이 평생 만난 어떤 사람보다 자신에게 잘해주었고, 기영은 그런 사람의 애정을 함부로 대할 만큼 여유롭지도, 염치없지도 않았다. 비록 의미는 다르더라도 기영 역시 미나 못지않게 그와의 관계를 아꼈다. 다만 우정이라고 믿었을 뿐이다. 남자애들과의 시시한 연애 따위는 넘볼 수 없는 차원의 우정이라고. 어떤 숭고한, 성스러운, 형이상학적인 무언가라고. 그런 기영에게 미나가 "나는 너에게 연애 감정을 느껴"라고 했을 때 기영은 자신의 우정이 형이하학적인 차원으로 추락당한 기분이 들었다.

"어떻게 그런 말을 할 수가 있어?"

기영은 진심으로 화가 나서 물었다. 미나가 뭐라고 대답했는지는 기억나지 않았다.

어쨌든 둘은 이후로도 친구로 지냈다. 서로를 잃고 싶지 않았던 것은 피차 마찬가지였으므로. 하지만 당연하게도 전과 같은 관계일 수는 없었고 둘은 어느 쪽이 무슨 잘못을 했는지 모르게 혼란스러운 상처를 주고받았다. 기영은 친구와 애인 사이의 선을 긋기 위해 전보다 적극적으로 남자 친구를 사귀고 다녔고, 남자 친구에 대한 이야기를 미나에게 일부러 많이 했다. 미나는 아무렇지도 않은 양 그 이야기를 들어주는 듯싶다가도 더 이상 못 견디겠다 싶으면 홀쩍 기영의 곁을 떠났다. 이때쯤 둘은 각각 다른 고등학교에 진학했기에 기영은 무턱대고 쉬는 시간에 미나의 반에 쳐들어갈 수도 없었다. 미나가 삐삐도 씹고, 전화도 안 받고, 집에 찾아가도 "미나 친구 만나러 나갔는데"라는 미나 할머니의 대답만 돌아오는 시기가 짧으면 며칠, 길면 일주일씩 이어졌고 그럴 때면 기영은 세상에 혼자 내팽개쳐진 듯했다. 외롭기에 앞서서 어이가 없었고 어이없음이 잦아들 때쯤부터는 불안했다. 미나는 예쁘장한 이름이 어울리지 않게 쿨한 소년 같은 아이였고 무슨 일에든 담담한 태도를 취했지만 그건 사실 자기 감정을 피하는 습관에서 비롯된 제스처에 지나지 않음을 기영은 알고 있었다. 미나는 매번 돌아오기는 했다. 긴 잠적 끝에 무슨 일이 있었냐는 듯 태연히 기영의 아파트 앞 놀이터에서 '2프로 부족할 때' 복숭아 맛을 마시며 그네를 타는 미나를 발견하면 기영은 버럭 소리를 지르며 화를 냈지만 내심으로는 안도했다. 이번에는 정말로 돌아오지 않을지도 모른다고 생각했기 때문이다. 미나는 언제 사라져도 이상하지 않을 듯한 면이 있었다. 다른 아이들이 집착하는 성적이나 진로나 연예인이나 패션 같은 것들에 무관심했고, 방과 후에는 학원이 아니라 오락실에서 시간을 보냈고, 가족이라고는 할머니밖에 없었다. 미나를 이 세계에 붙들어주는 끈은 몇 없었고 그나마도 너무 가늘어 보였다. 끈 중 하나는 분명 기영이었지만, 기영에 대한 미나의 애정은 '연애 감정'이 아닌가. 더구나 여자끼리의 연애 감정. 기영이 보기에 그것은 기껏 한 달 사귀다 깨지는 수많은 교내 이성 커플들의 감정보다도 모호하고 근거 없어 보였다.

미나의 사랑은 식을 것이다. 그러면 미나가 수많은 것들에 대해 그러듯 나에게도 심드렁해질 것이다……. 기영은 그렇게 되새기며 실망하지 않을 마음의 준비를 했다.

그렇기에 미나가 대학 첫 학기부터 휴학을 하고 반년을 내리 잠적한 끝에 다시 나타났을 때, 기영은 미나가 뱀파이어가 되었다는 것보다도 여전히 자신을 좋아한다는 것에 놀랐다.

"나, 이제 사람 피만 먹고 살아야 해. 그리고 낮에는 밖에 못 다녀. 그래도 나랑 친구 해줄 수 있어?"

기영은 또 어이가 없었다.

"어떻게 그런 말을 할 수가 있어?"

시간이 흘렀다. 기영은 서울 중위권 대학을 준수한 학점으로 졸업했다. 그동안 두 명의 남자 친구를 사귀었다가 헤어졌다. 광고 대행사에 취직하고 몇 차례 이직하는 사이에 네 명의 남자 친구를 사귀었다. 그중 한 명과 진지하게 결혼 준비를 하다가 예비 시댁과의 갈등으로 헤어졌다. 이대로 결혼을 못 하고 나이만 먹어가면 어쩌나 불안해하던 때 한석을 만났다. 집안에 돈도 있고, 전 남자 친구와는 달리 어머니에게 쥐어살지도 않고, 장남도 아니고, 알코올 문제도 없고 경제관념도 있는 멀쩡한 공무원 남자였다. 둘은 한석의 집안 식구들이 다니는 교회에서 식을 올렸다. 교회 청년부 사람들이 축가를 불러줬다. 신혼여행은 발리로 다녀왔다. 한석의 전셋집에서 살림을 차렸다가 서울에 번듯한 신축 아파트 한 채를 분양받았다. 기영은 주중에는 회사에 다니고 주말에는 한석과 같이 교회에 나갔다. 아이는 아직 없었다. 부부싸움을 종종, 아니 자주 했지만, 그래도 이만하면 남부끄럽지 않은 삶을 살고 있다 싶었다.

그러는 내내 미나와는 친구로 지냈다.

가끔 기영은 자신에게 미나 같은 친구가 있다는 것이 믿기지 않았다. 어느 누구에게도 미나에 대해 말한 적 없었다. 내 친구

중에 레즈비언이 있어, 라고도 말한 적 없고 내 친구 중에 뱀파이어가 있어, 라고도 말한 적 없었다. 뱀파이어 권리 운동 단체의 시위 장면이 뉴스에 나오는 걸 보며 남편이 혀를 차도 기영은 복잡한 심경으로 침묵을 지켰다. 창피해서는 아니었다. 비밀로 지켜야 한다는 의무감 때문도 아니었다. 자신에게 미나가 어떤 친구인지 설명하기가 어려웠다. 미나는…… 어떤 존재인가? 돌이켜보면 어린 시절부터 늘 오리무중이었다.

한 가지 확실한 것은 기영이 미나에게서 느끼는 위안이었다. 미나는 만날 때마다 똑같았다. 여전히 기영을 좋아했다. 여전히 기영에게 잘해주었다. 남편보다도 더, 기영이 만난 어떤 남자보다도 더. 기영이 착실히 나이를 먹어가며 피부가 처지고 새치가 돋고 눈 밑에 기미가 끼는 동안, 미나는 소년인지 소녀인지 모를 차갑고 말랑말랑한 살결의 스무 살 쇼트커트 청년으로 남아 있었다. 유행이 변하고 변하다 한 바퀴 돌아오는 동안 미나는 늘 똑같은 검은색 배기 팬츠에 검은색 티셔츠를 입었다. 더 이상 믹스 테이프를 만들지는 않았지만 좋아하는 음악들을 넣은 낡은 MP3 플레이어를 들고 다녔고, 자기가 태어날 때 데뷔했던 밴드의 신보가 나왔다며 기영에게 이메일로 음악을 보내기도 했다. 기영은 이어폰으로 음악을 들으며 베란다 창문을 열고 밤공기를 들이마셨다. 그러다 어둠 속에서 라일락 향기가 바람에

훅 실려 오면 불현듯 기영의 눈에 보이는 세상만이—이 아파트가, 이 서울이, 이 결혼 생활이—전부는 아니라는 생각이 들면서 작고 귀중한 새 한 마리를 안은 듯 애틋한 행복을 느꼈다. 너무 애써왔다는 생각이 들었다. 남부끄럽지 않은 것들을 손에 쥐기 위해 기진맥진하도록 노력해왔는데, 노력을 아무도 알아주지 않았다. 억지로 웃고 진심을 숨기고 욕구를 눌러야 했던 수많은 순간들. 오직 미나만이 그 과정을 알고 있었다.

미나는 변하지 않을 것이다. 점차 그런 생각이 들었다. 여전히 미나는 며칠에서 몇 주, 몇 달까지도 종적을 감추곤 하는 나쁜 버릇이 있었지만 기영은 어련히 돌아오겠거니 하고 기다리는 법을 배워갔다. 뱀파이어가 된 미나는 인간이었을 때보다 더 거취가 불안정했지만 그럼에도 불구하고 언제나 기영의 친구로 남아 있을 것 같았다. 20년 동안 기영의 친구였으니까. 죽어서도 친구였으니까.

그렇게 믿음을 굳혀가던 어느 날, 미나가 뜻밖의 말을 했다.

"나, 곧 런던으로 떠나."

토요일 밤이었다. 기영은 남편에게 동창 친구를 만난다고 거짓말 아닌 거짓말을 하고 미나의 원룸에 놀러 온 참이었다. 보통 기영이 놀러 오면 미나는 현관에서부터 기영을 안아주었다.

자신은 먹지도 못하는 음식을 만들어주고 음식에 어울리는 술을 내주었다. 음악을 틀어주고 기영의 수다를 들어주었다. 그리고 기영의 피를 먹었다. 그게 정해진 순서였다. 그런데 오늘은 달랐다. 미나는 기영을 소파에 앉히고 앞에 마주 앉더니 화난 것처럼 보이는 굳은 얼굴로 다짜고짜 "나, 곧 런던으로 떠나"라고 말했다.

"그래?"

미나는 어딘가로 떠나면서 행선지를 미리 말한 적이 한 번도 없었다. 미나답지 않은 말에 기영은 긴장했지만 애써 아무렇지 않은 척 되물었다.

"이번에는 멀리 가네? 언제 돌아오는데?"

미나는 기영을 잠시 바라보더니 고개를 모로 돌렸다.

"모르겠어. 길면 몇 년……."

미나는 말을 흐렸다가 마음을 굳힌 듯 다시 기영을 마주 보았다.

"아예 안 돌아올 수도 있어."

기영은 자신의 귀를 의심했다.

"뭐? 왜?"

미나는 설명을 했다. 자신을 뱀파이어로 만든 사람이—미나는 그를 '대모'라고 했다—런던에 살고 있는데, 미나에게 이제 그만 자기 곁으로 와서 자리를 잡으라 했다고. 미나의 대모는 첼시에 커다란 이층집을 가진 미술품 컬렉터인데 미나에게 자기 소장품들을 관리하는 일을 맡기려 한다고 했다. 그곳에는 대모의 친구 뱀파이어들이 있고, 그들이 운영하는 아지트가 있고, 미나와 같은 신참 뱀파이어들— 뱀파이어가 된 지 10년이 넘었는데도 그 세계에서는 여전히 신참이라 했다— 의 모임이 있고, 위급 상황에 서로를 돕는 대응 체계가 있었다. 한마디로 말해, 그곳에는 미나의 가족과 친지들이 있었다. 게다가 영국은 한국보다 뱀파이어 복지 시스템이 잘 갖춰져 있었다. 국가에서 뱀파이어들에게 지급하는 혈액도 있었다. 기본 지급 혈액만으로도 근근이 먹고살 수 있을 정도였다. "뱀파이어들을 둘러싼 사회 문제는 모두 그들이 음지에서 인간을 사냥하는 방식으로 생존을 도모하기 때문에 벌어진다. 뱀파이어들이 공적으로 투명하게 식량을 공급받을 수 있으면 인간도 뱀파이어도 안전해진다." 뱀파이어 권리 운동가들이 끊임없이 부르짖고 유럽의 많은 국가들이 채택하는 모토였다.

"네 대모가 런던에 있다고? 처음 듣는 얘기인데."

"물어본 적 없잖아."

"……."

기영은 항변하려다가 기억을 돌이켜보았다. 물어본 적 없긴 했다. 그냥 미나는 혼자 사는 게 당연해 보였다. 서울에 아는 뱀파이어가 몇 없다던 말이 기억났다. 그게 서울에는 없다는 뜻인 줄은 몰랐다.

"하지만 왜 이제 와서? 여태까지 널 여기서 혼자 지내게 놔뒀으면서."

기영은 얼굴도 모르는 미나의 대모에게 화가 났다.

"내가 혼자였던 건 아는구나."

미나가 쓴웃음을 짓더니 작은 목소리로 덧붙였다.

"난 이제 혼자가 지겨워."

기영은 멍하니 미나를 쳐다보았다. 미나는 기영의 눈을 피하고 있었다. 시계 초침 소리만이 둘 사이의 허공을 메웠다. 기영은 미나의 말이 무슨 뜻인지 서서히 깨달았다. 미나는 기영을 떠나겠다고 말하고 있었다. 즉 헤어지자는 뜻이었다.

"너 되게 웃긴다."

기영은 어렸을 때처럼 버럭버럭 고함 지르지 않으려고, 어른답게 말하려고 애써 목소리를 낮췄다.

"네가 뱀파이어가 되어서 외로운 걸, 네가 원해서 서울에 남아 있었던 걸, 이제 와서 내 탓을 하는 거야?"

"그런 뜻이 아니잖아."

"뭐가 그런 뜻이 아니야. '내가 혼자였던 건 아는구나.' 그게 날 책망하는 게 아니면 뭔데. 언제 내가 널 외롭게 했니? 난 여태까지 너한테 안부 연락 한번 쉰 적 없어. 아무리 바빠도 너 만날 시간은 꼭 냈어. 경쟁 PT 준비로 밤새워가면서 예식장 고르느라 한석 오빠하고 울며불며 싸우는 와중에도 네 생일 선물은 챙겼어. 근데 넌 뭐야? 내 결혼식 때 코빼기도 안 비쳤지. 너 때문에 일부러 저녁으로 잡았는데도……."

"알았어. 그만해."

미나가 말했다. 미나의 목소리는 낮고 부드러우면서도 이상할 만큼 넓게 퍼졌다.

"너 책망하는 거 아니야. 네가 나한테 잘못해서 너 안 보겠다는 말이 아니야. 너에 대한 내 감정을 더 이상 감당 못 하겠어. 그래서 그래."

미나의 태도는 늘 그렇듯 담담했다. 인간이었을 때부터의 성격에 더해, 인간이 아닌 존재가 가질 법한 탈속적인 초연함까지 있었다. 기영은 그게 꼴 보기 싫었다. 미웠다. 이제껏 수없이 기영을 혼자 남겨두었으면서 감히 혼자를 말하는 미나가. 기영은 노력했다. 미나를 서운하게 하지 않으려고 끊임없이 눈치를 봤다. 보통 사람들과 생활 주기도, 습관도, 가치관도, 그 모든 것이 달라도 너무 다른 미나와 멀어지지 않으려고 안간힘을 썼다. 그런 만큼 미나도 관계를 유지하려고 노력해야 하는 거 아닌가.

조금만 불편하면 피하고, 멋대로 돌아오고, 이제는 영영 도망치겠다니.

"네 감정? 뭐, 나를 사랑한다고 말하고 싶은 거야?"

미나가 눈을 동그랗게 떴다. 기영은 짐짓 헛웃음을 흘렸다.

"너, 내 피 먹잖아. 오늘도 내 피 먹을 생각으로 종일 기다렸잖아?"

"……."

"나 아니었으면 넌 맨날 앱이나 술집 같은 데서 힘들게 사람 꼬드기며 사냥하고 다녀야 하겠지. 나처럼 손쉽게 잡아먹을 수 있는 외양간 속 송아지가 어딨겠어. 근데 이제 네 대모가 너한테 송아지 백 마리가 들어찬 대형 외양간을 제공할 테니 오라고 했다 이거 아냐. 그러니까 내가 필요 없어진 거 아니냐고."

미나의 표정이 흔들렸다. 뱀파이어도 울 수 있다면 지금쯤 눈시울이 젖었을 것이다. 기영은 그만하고 싶었다. 그런데 멈출 수 없었다.

"자, 먹어. 친구가 떠난다는데 송아지 노릇쯤 얼마든지 해줄 수 있지."

기영은 옷깃을 열어 목덜미를 내보였다. 미나의 눈길이 기영의 목으로 옮겨갔다. 기영은 목을 꼿꼿이 세웠다.

침묵이 흘렀다. 미나는 무슨 생각을 하는지 알 수 없는 눈으로 기영의 목만 보고 있었다. 기영은 자신이 한 말을 돌이켜 생각했다. 어떻게 그런 말을 할 수 있었는지 스스로도 놀라웠다. 미나는 한 번도 기영을 손쉬운 먹잇감처럼 대한 적 없었다. 늘 기영의 의사를 먼저 물었고, 다치지 않게끔 조심조심 다뤘고, 위생에도 신경 썼다. 잇자국이 남지 않게 해주는 연고도 꼬박꼬박 발라줬다. 기영 역시 희생양이 된다는 마음가짐으로 이 원룸에 걸어 들어온 적 없었다. 소중한 사람에게 헌혈한다는 정도의 생각이었을 뿐. 그러나 아무리 상호 선의로 접근해도 둘의 관계는 본질적으로 그런 것이리라. 먹는 자와 먹히는 자.

그래서일 것이다. 미나의 앞에 목을 내놓을 때마다 느껴지는 기묘한 긴장감은.

미나가 기영의 옆으로 다가왔다. 기영은 움츠러들지 않으려 애쓰며 미나를 노려보았다. 미나는 기영에게 몸을 붙이고 앉아 한 손으로 기영의 턱을 살며시 쥐었다. 싸늘한 한기가 살갗으로 전해졌다. 푸르게할 만큼 창백한 얼굴이, 곧추선 얼음 조각 같은 코끝이 기영의 코에 닿을 듯했다. 미나와 아무리 가까이 있어도 숨결이 느껴지지 않는다는 것이 못내 이상했다. 숨을 쉬지 않고, 의식하지 않으면 눈도 깜빡이지 않고, 음식을 소화하지도 않는 미나는 움직이고 있을 때조차도 정적이었다. 기영은 자기도 모르게 숨을 참았다.

"네가 정말 친구야?"

미나가 낮게 속삭였다. 기영의 심장이 빠르게 뛰었다.

"아니면 내 발로 왜 여길 오겠냐?"

미나가 입꼬리만 올려 웃었다.

"그래? 정말로? 네가 여기 오는 이유가 정말 그걸까?"

"무슨……."

"너는 이상한 데서 둔감해. 그리고 지독하게 이기적이지."

미나의 입에서 나온 날 선 비난에 기영은 흠칫했다. 미나가 기영의 턱을 젖히더니 목덜미에 입을 가져갔다. 다른 쪽 팔은 기영의 허리를 감았다. 그다지 힘이 들어가지 않은 손길인데도 기영은 꼼짝할 수 없었다.

"잘 생각해봐. 너야말로 나를 이용하고 있지는 않은지."

목에 닿은 미나의 입술이 달싹였다. 고양이처럼 까끌까끌한 혀와 메마른 앞니 끝이 피부를 훑었다. 기영은 미나의 말이 잘 들리지 않았다. 먹먹한 귀에 자신의 맥동이 요란하게 울렸고 온몸의 신경이 목에 쏠렸다. 빨리 이 순간이 지나가기를 바라는 마음과 영원히 계속되기를 바라는 마음이 동시에 고개를 들었다.

예리한 송곳니가 살갗에 닿는 감촉이 느껴진다 싶더니 조그맣게 무언가가 톡 튿어지는 소리와 함께 무지근한 통증이 느껴졌다. 아픔은 금세 잦아들고 몸이 달아오르면서 숨이 가빠졌다.

쩝쩝거리고 쭙쭙거리는 소리가 폭발음처럼 머리를 두들겼다. 미끌미끌한 얼음으로 된 절벽 위를 걷는 듯, 한 발짝만 더 내디디면 굴러떨어질 듯한 느낌에 기영은 미나의 목을 두 팔로 당겨 안았다.

"잘 생각해봐……"라는 미나의 목소리가 아주 먼 데서 들려오는 듯했다. 기영은 생각을 해봤다. 생각나는 것이라고는 "좋아"라는 한 단어뿐이었다.

좋다니, 뭐가?

다음 날 기영은 미나와 나눴던 대화를, 그리고 무엇보다도 흡혈의 순간 자신이 떠올렸던 생각을 곱씹었다. 좋아. 보드마커로 써 붙인 것처럼 굵고 명확하게 머릿속에 적혔던 한 마디를 기영은 지울 수 없었다. 한석과 예배당에 나란히 앉아 설교를 듣는 중에도, 예배가 끝나고 성경 모임을 하는 중에도, 근처 곰탕집에서 시어머니와 함께 점심을 먹는 중에도 기영은 어제의 기억에 파묻혀 있었다.

미나에게 흡혈될 때마다 기영은 몸이 뜨거워지고 호흡이 거칠어지고 심장 박동이 빨라졌다. 이제까지 기영은 그것이 흡혈에 대한 본능적인 불편감 때문이라고 생각했다. 타인에게 자신의 가장 연약한 부위를 내맡기는 것. 포식자에게 신체 일부를 내주는 것. 자신의 안전을 지키고자 하는 인간의 본능에서 벗어나는 행위이니 긴장하는 것이 당연했다. 미나의 집에 갈 때마다 기영은 또 거북스러운 감각들을 거쳐야 하리라는 생각에 적잖이 부담이 되었지만 미나에게 솔직히 말하지는 못했다. 미나를 신뢰하지 못한다는 뜻으로 받아들여질 것 같아서다. 아니, 정말로 미나를 신뢰하지 못하는 것일까 봐 겁이 났다. 인터넷에 흔히 보이는 사람들처럼 뱀파이어를 괴물이라고 여기고 혐오하는 것일까 봐. 미나는 친구야. 나는 미나를 믿어. 미나에게 피를 주는 것은 아무렇지도 않아. 그렇게 스스로를 다잡았다.

그런데 '좋다'니.

흡혈이 끝나자마자 기영은 화장실에 들어가 속옷을 확인했다. 젖어 있었다. 투명하고 끈끈한 액체로 얼룩진 천을 마주하고 너무 당황한 기영은 미나에게 더 화낼 생각도 못 하고 원룸을 나왔다.

내가 쾌감과 불쾌감도 구분 못 하는 숙맥인가? 그럴 리 없어.

내가 미나에게 피를 빨리면서 꼴린다고? 절대 그럴 리 없어.

기영은 마음을 가득 채운 의구심을 떨쳐내려 안간힘을 썼다. 심지어 기도도 했다. 기영은 한석과 같은 모태 신자들에 비해 게으르고 진정성 없는 신도였지만 심란한 일이 있거나 간절히 바라는 일이 있을 때는 하나님을 찾았다. 주님, 제가 쓸데없는 잡넘에 사로잡히지 않고 예배에 집중할 수 있게 도와주세요.

하지만 주님의 역사는 오묘해서, 그다음 날에도, 다다음 날에도 잡념은 걷히지 않았다. 오히려 연못 속 침전물처럼 마음속 깊은 곳에 가라앉아 쌓였다. 물이 조금만 일렁여도 흙먼지가 일었다.

다다다음 날 사무실에서 기영은 업무용 컴퓨터로 몰래 '흡혈 쾌감'을 검색해보았다. 대번에 위키피디아 검색 결과가 떴다.

> 흡혈벽(vampiremania)
>
> 뱀파이어에게 흡혈당하면서 성적 쾌감을 느끼는 증상. 이상 성욕에 해당하는 것으로 알려져 있으나 정신병리학적으로 공인된 개념은 아니다. 과거에는 일부 뱀파이어의 이에서 상대방을 흥분시키는 호르몬이 분비된다는 설이 있었으나 과학적으로 사실이 아닌 것으로 밝혀졌다. 환자는 정상적인 성관계에서 쾌락을 느끼지 못하는 경우가 많다. 원인으로는 뱀파이어를 에로틱한 존재로 묘사하는 다양한 고전 작품에서 영향을 받은 것이라는 문화적 요인이 거론된다…….

한마디로 변태라는 얘기네.

하지만 항변하고 싶었다. 기영은 분명 정상적인 성관계에서 쾌락을 느꼈다. 비록 섹스리스 부부이다시피 했지만 그건 불행히도 한석이 발기부전이기 때문이었다. 전 남자 친구들과의 관계에서는 그럭저럭 건강한 섹스를 해왔다고 생각했다. 남자 쪽에서 이상한 체위를 요구하거나, 이상한 걸 넣으려고 한 적은 있었지만, 기영이 뭔가 이상한 행위를 원한 적은 없었다. 간혹 불감증으로 고민한다는 여자들 얘기를 들어본 적 있었지만 기영에게는 남의 일이었다. 가끔 자위도 했다. 남자 연예인들을 상상하면서. 주로 앳되고 해사한 남자 아이돌들. 어렸을 때부터 기영은 소년 같은 남자들을 좋아했다.

그날 저녁 퇴근한 뒤 기영은 한석이 텔레비전을 보는 동안 샤워하면서 자위를 했다. 미나에게 흡혈당하는 상상을 하면서. 하지만 집중이 잘 되지 않았다. "너야말로 나를 이용하고 있지는 않은지 생각해봐"라던 미나의 말이 떠올랐다. 미나를 딸감으로 쓰다니, 미안하고 면구스러웠다. 자신을 향한 미나의 오랜 애정을 조롱하는 것 같았다. 좀 웃기기도 했다. 미나가 이걸 알면 뭐라고 할까…….

"기영아, 괜찮아? 뭐 그렇게 오래 걸려?"

욕실 문밖에서 남편의 목소리가 들렸다. 기영은 "어, 괜찮아. 금방 나가"라고 답하고 주섬주섬 샤워 타월에 거품을 냈다.

머리를 말리고 나서 한석과 마주 앉아 캔맥주를 마시면서 기영은 미나에게 카톡을 보냈다.

[야, 뭐 하냐?]

[그래서 너 정확히 언제 가는데?]

맥주와 피스타치오를 다 먹고 이를 닦고 침대에 누워 인스타그램 피드를 끝까지 다 봤을 때까지도 카카오톡 대화창에는 1이 없어지지 않았다. 기영은 낮게 욕을 내뱉고 핸드폰을 내려놨다. 그러자 자는 줄 알았던 남편이 "왜 그래?"라고 물었다.

"몰라."

기영은 아무렇게나 대꾸했다. 남편이 너무 귀찮았다. 혼자 있고 싶었다. 혼자서 미나에게 전화를 걸고 싶었다. 혼자서 미나를 생각하고 싶었다. 혼자서 미나를 미워하고 싶었다.

다음 날 회사에서 기영은 혼자 있을 시간을 만들었다. 점심시간에 일거리가 있다고 핑계를 대고 사무실에 남았다. 샌드위치와 커피로 점심을 때우면서 중고 마켓 앱에 접속했다. 중고 마켓에는 중고품 거래 글뿐만 아니라 분실물을 찾는다거나 심부름을 해달라거나 배관업체를 추천해달라는 글들도 올라왔다. 그리고 인근에서 '수혈자'를 구하는 뱀파이어들의 글도 꾸준히 올라왔다. 운영진 측에서는 그런 글을 발견 족족 삭제했지만, 굶주린 뱀파이어들이 급하게 피를 구할 방법으로 중고 마켓만 한 곳도 없었다. 돈이 궁한 청소년들이 이런 데서 피를 팔다가 건강을 해치거나 신변이 위험해지는 일이 생겨 논란이 됐지만 근본적인 대책이 나오지 않는 한 마켓을 통한 수혈자 구인은 끊이지 않을 터였다.

기영은 피드를 한없이 새로고침 하다가 '피 구합니다'라는 제목의 글이 올라오자마자 잽싸게 터치해서 내용을 확인했다.

오늘 저녁 피 주실 분 구해요.
여자끼리. 010-xxxx-xxxx.

여자 뱀파이어들이 동성 수혈자를 구하는 것은 흔한 일이었다. 흡혈은 모텔이나 룸카페, 공중화장실, 노래방 등 단둘만 있는 공간에서 이루어지는 데다 밀접한 신체 접촉을 동반하니만큼, 성범죄나 약탈이나 폭행 등의 위험에서 스스로를 지키기 위한 방책이었다. 피를 팔고 싶어 하는 인간 여자들 입장에서도 상대 뱀파이어가 여자여야 안심이 되는 모양이었다. 그렇다고 여자끼리는 성범죄나 약탈이나 폭행이 안 일어나나? 기영은 의문스러웠지만 어쨌든 자신도 피를 빨린다면 남자보다는 여자에게 빨리고 싶긴 했다.

신분증에 나온 주민등록번호 앞자리를 사진으로 찍어서 메신

저로 인증하고(상대방 생년월일을 보니 1932년생이었다) 전화 목소리로 서로가 여자임을 확인했다. '카르밀라'라는 고전적인 닉네임을 쓰는 상대 뱀파이어는 졸음이 역력히 묻어나는 목소리로 "저녁 9시에 신촌 G 모텔에서 봬요" 하고는 전화를 끊었다.

이렇게까지 해야 하나? 핸드폰을 내려놓고 식은 커피를 마시며 기영은 회의감에 잠겼다. 하지만 이렇게까지 하지 않으면 의구심에서 헤어날 수 없을 것 같았다. 자신이 과연 흡혈에서 쾌감을 느끼는지. 그렇지 않다는 것을 증명하고 싶었다. 미나의 비난은 사실이 아니라고. 자신은 미나를 성적인 대상으로 보지 않았다고. 결혼은 한석이랑 해놓고서 미나와 유사 성관계를 즐기고 다닌 그런 사람이 아니라고.

그런데 한편으로는, 만약 정말로 자신이 카르밀라의 흡혈에서 쾌감을 느낀다면, 차라리 안심될 것 같기도 했다. 그렇다면 굳이 미나가 아니어도 상관없다는 뜻 아닌가. 앞으로 아무 뱀파이어나 만나면 되지.

떠날 테면 떠나라지.

퇴근하고 저녁을 든든히 먹은 뒤 신촌으로 향했다. 봄밤은 쌀쌀했고 고깃집에서 풍기는 기름 냄새가 골목마다 진동했다. 기영은 모텔촌을 헤매는 커플들 사이를 걸으며 주머니에 든 핸드폰을 만지작거렸다. 막상 만나려고 하니 긴장이 됐다. 모든 뱀파이어가 미나 같지는 않을 터였다. 범죄자까지는 아니어도 매너가 없거나 난폭한 사람이면 어쩌나. 아니, 설마 그렇게 운이 나쁘지는 않겠지. 소설 《카르밀라》에서처럼 아름다운 여자일까. 오히려 전혀 다른 이미지일 수도 있을 것이다. 미나는 이걸 알면 뭐라고 할까.

기영은 충동적으로 미나에게 카톡을 보냈다.

[나 지금 수혈 오프 하러 간다.]

그리고 핸드폰을 꺼버렸다.

약속된 호실에 도착해 노크하니 안에서 누군가가 걸어오는 소리가 들렸다. 기영은 어떤 뱀파이어가 나오더라도 놀라지 않을 마음의 준비를 했다. 그래서 문이 열리고 작고 통통한 체구에 동글동글한 얼굴의 50대 여성 뱀파이어가 등장했을 때에도 놀라지 않았다.

"안녕하세요. 마켓 보고 연락한⋯⋯."

"아 네, 엘리스 님 맞죠?"

카르밀라가 환하게 웃으며 기영을 맞았다. 순간 기영은 자신도 꽤나 낯간지러운 닉네임을 썼음을 깨닫고 멋쩍은 웃음을 흘렸다. 들어와요, 들어와. 카르밀라가 살갑게 손짓해 기영을 안으로 들이고 문을 닫았다.

밥은 잘 먹고 왔겠죠? 요즘 애들은 다이어트니 뭐니 해서 영비실비실해서 큰일이야. 어디 마음 놓고 먹을 수가 있어야 말이지. 거기 편하게 앉아요. 알코올솜으로 목 닦고 있어. 흡혈 끝나고 나면 어지럽고 정신없을 수 있으니까 돈부터 챙기고. 자, 여기 봉투 받아요. 카르밀라가 수더분하게 늘어놓는 말을 들으며 기영은 긴장이 풀어지는 것을 느꼈다. 더불어 자신의 긴장한 표정을 알아보고 카르밀라가 일부러 분위기를 편하게 하려고 노력하고 있나 보다 싶었다. 하기야 1930년대에 태어났으면 못해도 40년을 뱀파이어로 살아오며 수많은 인간들을 대했을 테니 베테랑이 아닐 수 없으리라. 기영이 어떤 마음으로 여기 왔는지도 짐작했을지 몰랐다. 적어도 봉투를 받는 손길이 그리 절박하지 않은 데서 돈이 궁해서 수혈에 나선 건 아니라는 사실은 눈치챘을 듯했다.

기영은 성적 쾌감을 느낄지도 모른다고 생각했던 자신이 어처구니가 없어졌다.

흡혈이 끝나고 침대머리에 기대어 있는 기영에게 카르밀라는 프랜차이즈 커피숍에서 파는 마카롱 세트를 줬다.

"이런 거 좋아하더라, 요즘은. 이거 먹으면서 좀 쉬어요."

"고맙습니다."

기영은 그다지 힘들지 않았지만 예의 바르게 마카롱을 받아 먹었다. 카르밀라는 배가 불러서 흡족한 표정이었다.

"그런데 닉네임은 왜 카르밀라로 하셨어요?"

"아, 그거?"

카르밀라가 소리 내어 웃었다.

"엘리스도 《카르밀라》 읽었어? 난 그 주인공 좋더라. 예쁘고 신비롭고 우아한 뱀파이어잖아. 내가 그렇다는 건 아니지만. 그래도 먹고살기 지긋지긋할 때 나는 카르밀라다, 생각하면 좀 낫더라고. 사람들이 날 싫어해도 뭐 어쩔 거야, 내가 카르밀란데."

기영은 카르밀라의 말이 우습지 않았다.

"나도 궁금했는데, 그러는 자기는 왜 '앨'리스가 아니라 '엘'리스야?"

"어······."

기영은 낯을 붉혔다.

"그······ 큐어라는 영국 밴드의 노래에서 따온 거예요. 〈엘리스에게 보내는 편지〉라는 노래가 있거든요."

"그래? 나는 처음 듣네. 좋아하는 밴드인가 보지?"

카르밀라는 잘 모르는 분야라서 흥미가 떨어진 눈치였다. 기영은 대충 그렇다고 얼버무렸다. 정확히는 친구가 좋아하는 밴드라고, 그 친구도 뱀파이어라고, 어렸을 때 그에게 처음 선물받은 믹스 테이프에 들어 있었던 노래 중 하나가 〈엘리스에게 보내는 편지〉였다고는 말하지 못했다.

집으로 돌아가는 길에 기영은 기분이 가라앉았다. 미나가 여전히 카톡을 읽지 않고 있었다. 갑자기 연락 안 받는 것이야 하루 이틀 일은 아니지만 이번에는 틀림없이 반응할 줄 알았는데. 정말로 화가 많이 난 모양이었다. 내가 그렇게 못 할 말을 했나? 기영은 자신이 한 말들을 돌이켜 생각했다. 좀 심했던 것 같긴 했다. 미나가 자신을 얼마나 위해주는지 알면서. 이러니저러니 해도 기영이 파혼하고 매일같이 술 마시고 울며 지낼 때 곁을 지켜준 사람도 미나였고, 졸업하고 취업이 안 돼 전전긍긍하던 때 자소서 읽어주고 밥 사준 사람도 미나였고, 허리가 나가서 병원에 입원했을 때 생필품 챙겨 달려와 머리 감겨주고 짜증 받아준 사람도 미나였다. 게다가 뱀파이어를 적대시하는 사람들 사이에서 몸을 사리며 하루하루 먹을 피 구하며 살아가는 미나의 삶이 얼마나 고달픈지는 기영도 알았다. 다 이해한다고 할 수는 없겠지만, 그래도 뱀파이어 친구 하나 없는 일반인들보다야.

사과를 해야 할까.

차를 몰고 한강을 건너며 기영은 곰곰이 생각했다. 솔직히 자존심이 상했다. 미나도 잘한 것 없잖아, 어떻게 그딴 식으로 떠날 수가 있어. 마음속엔 소리를 지르는 어린아이가 있었다. 하지만 기영은 이제 아이가 아니었다. 미나가 다른 애랑 같이 등교

했다는 이유로 욕을 지껄이며 미나의 가방을 길거리에 뒤집어 엎고 미나가 아끼는 펜을 배수로에 던져버렸던 시절은 옛날 옛 적이다. 이제 기영은 무엇이 잘못인지, 언제 감정을 다스리고 할 일을 해야 하는지 정도는 아는 어른이었다. 이대로 미나가 런던 으로 떠난다면 그건 그야말로 최악의 결말일 것이다. 이런 식으 로 끝낼 사이는 아니었다.

하지만 미나가 사과를 받아주지 않으면 어쩌지.

기영은 집에 돌아와 잠자리에 들 때까지도 고민에 빠져 있었 다. 언제 어떻게 사과를 하는 게 좋을지, 정확히 뭐라고 말해야 할지. 하지만 생각에 집중할 수가 없었다. 어김없이 남편이 방해 를 했다.

"너 요즘 무슨 고민 있어?"

기영은 천장을 올려다보던 시선을 흠칫 옆으로 돌렸다. 붉그 스름한 무드 등 불빛 아래 한석의 얼굴이 보였다.

"아니."

"아니긴 뭐가 아니야. 요 며칠 계속 멍하고, 부르면 깜짝깜짝 놀라고."

"카피가 잘 안 써져서 그래."

거짓말은 아니었다. 광고주가 한때 유명했지만 이제는 다 망 해가는 의류 브랜드인데 구닥다리 이미지를 어떻게든 끌어올릴 방법을 찾느라 애를 먹고 있었다. 사실 평소 같았으면 진작 적당한 아이디어가 떠올랐을 텐데, 미나 문제 때문에 업무에 지장이 생긴 것도 없지 않았다.

"대충 쓰지 뭘, 일거리를 집까지 들고 와."

한석이 투덜거렸다. 기영은 짜증이 났다. 미나 같았으면 무슨 광고인지 물어보고 같이 아이디어를 고민해줬을 텐데. 한석은 기영의 일을 잘 이해하지 못했다. 창조적이고 마감에 쫓기고 치열하게 경쟁하는 일. 그런 걸 공감해주길 바라고 결혼한 건 아니지만 적어도 귀찮게는 하지 말아줬으면 했다.

"잠이나 자자."

기영은 눈을 감았다. 진짜로 잘 생각이었다. 그런데 갑자기 목덜미에 한석의 손이 슬그머니 와 닿았다.

"뭐야, 나 그럴 기분 아니야."

기영은 한석의 손을 잡아 떼어냈다. 그런데 한석이 부스럭 몸을 일으켜 앉더니 다시 기영의 목을 만졌다.

"너, 목에 이거 뭐야?"

기영은 화들짝 놀라 눈을 떴다.

굳이 묻지 않아도 한석의 말이 무슨 뜻인지 직감할 수 있었다. 카르밀라의 이가 닿았던 부위가 화끈 타들어가는 듯했다.

잇자국 방지 연고는 매번 미나가 발라줬다. 기영에게 그 절차는 흡혈 행위라는 패키지의 일부였다. 연고 없이는 상처가 빨리 아물지 않는다는 사실을 체감할 일이 한 번도 없었다. 그래서 카르밀라가 흡혈하고 연고를 따로 발라주지 않았다는 것을 미처 인지하지 못했다.

"이거 뱀파이어 잇자국 아니야……?"

한석이 나지막이 말했다.

"어……."

기영은 쉽게 변명이 나오지 않아 어물거렸다.

"뭐야, 어떤 새끼한테 물린 거야? 아니, 고개 돌리지 말고 나 봐. 일어나 앉아봐. 똑바로 말해, 이게 뭐냐고?"

"그냥…… 호기심에 수혈 좀 했어."

"뭐라고?"

한석의 눈이 휘둥그레해졌다.

"별일 없었어. 좋은 사람이었고, 깔끔하게……."

"너 미쳤어?"

한석이 목소리를 높였다. 무드 등 불빛이 비치는 벽에 그의 곧추선 등이 드리운 그림자가 어른거렸다.

"사람 피 빨아 먹는 괴물한테 자진해서 목을 내밀었다고? 그것도 호기심 때문에! 너 변태야? 그런 취향이었어?"

"아니……."

"어쩐지 이상하더라. 나하고 할 때는 심드렁하더니 그래서 그런 거였어? 어? 말하지 그랬어, 뱀파이어 놈한테 물리는 게 취향이라고!"

기영은 기가 막혀서 말이 안 나왔다. 연애 시절 한석을 발기시켜주려고 과장되게 신음하고 몸을 뒤틀었던 일들이 뇌리를 한꺼번에 스쳐 지나갔다. 누가 누구를 탓하고 있는 건가? 기영은 비꼬고 싶었지만 가까스로 참았다.

"오빠. 진정 좀 해. 그런 거 아니야. 난 그냥 좋은 일 하고 싶었던 거야. 수혈자가 없으면 뱀파이어들은 굶어 죽어. 그래서 봉사도 많이들 하잖아."

한석이 실소를 터뜨렸다.

"언제부터 뱀파이어 권리 운동가라도 됐다고 그러시나? 너 뭔가 단단히 착각하고 있는 것 같은데, 그놈들은 어려운 이웃 같은 게 아니야. 선량한 사람들을 속이거나, 심신 미약자들 약 먹이거나 폭행해서 피 훔쳐가는 사기꾼 날강도들이지. 그 새끼들한테 해줘야 할 건 아까운 피 갖다 바쳐서 목숨 부지시켜주는 게 아니라 깡그리 대낮 땡볕 아래 데려다 놓고 타 죽게 놔두는 거야."

기영은 피가 싸늘하게 식는 느낌이 들었다.

"진심이야? 교회 다니는 사람이 어떻게 그렇게 잔인한 말을 할 수가 있어?"

"너야말로 교회 헛다녔네. 성경 잘 읽었으면 뱀파이어들이 하나님의 섭리에서 얼마나 벗어난 존재들인지 알 텐데. 너 오늘 사탄이 시키는 일 한 거야. 부끄러운 줄 알아."

기영은 입을 다물고 한석을 노려보았다.

침묵이 흘렀다.

기영이 한참을 아무 말도 안 하고 미동 없이 앉아만 있자, 한석이 마침내 한숨을 쉬더니 조금 누그러진 어조로 타이르듯 말했다.

"정말로 그런 뜻으로 수혈한 거야? 다른 의도 없이?"

아니, 꼴려서 한 건데. 수백 번 꼴려서 했는데.

"시간 늦었으니까 내일 마저 얘기하고……. 오늘은 기도하고 자자."

한석이 그렇게 말하며 기영의 손을 잡았다. 그 순간 기영은 도저히 못 참겠다는 생각이 들었다. 1초도 저 손에 붙들리고 싶지 않았다. 1초도 더 이 방 안에 있고 싶지 않았다.

기영은 한석의 손을 뿌리치고 침실 밖으로 나갔다. 뒤쫓아 와 옷자락을 붙잡는 한석을 다시금 뿌리쳤다. 그리고 잠옷에 카디건만 걸치고 핸드폰과 차 키를 챙겨서 집을 나섰다.

어렸을 때 잠적 중인 미나를 만나려고 새벽에 무작정 집에 찾아간 적이 있었다. 겨울이었다. 패딩을 껴입고 운동화를 신고 부모님이 잠에서 깨지 않게 살그머니 현관문을 열고 밖으로 나섰다. 눈이 내리고 있었다. 눈발이 얇게 깔린 거리가 가로등 불빛을 받아 설탕 가루가 입혀진 듯 반짝였고 주위는 적막했다. 기영이 새벽의 도시를 걸은 것은 그때가 난생처음이거나, 적어도 가장 오래된 기억이었다. 낮의 도시와는 완전히 다른 풍경에 둘러싸이자 잠이 달아났다. 기영은 공기 중에 부서지는 자신의 숨결을 홀린 듯 바라보며 눈발을 걸었다. 미나의 집까지는 버스로 두 정거장, 걸어서 20분 거리였다. 그 시절에는 그 길이 무척 길게 느껴졌다. 길지만 지루하지는 않았다. 아파트 상가와 분식집과 문구점과 근린공원과 음반 가게와 오락실과 육교와 버스 정류장에 모두 미나와의 추억이 깃들어 있었다. 아니, 이것은 지금 시점의 기영이 겪는 추체험일 것이다. 그때는 무슨 생각을 했던가? 그때는…… 기억나지 않았다. 다만 막상 미나의 빌라 앞에 도착하니 초인종을 누를 용기가 나지 않았던 것은 기억났다. 초인종을 누르면 미나가 아니라 식당 일을 마치고 곤히 주무시던 할머니가 나올 테고, 할머니는 틀림없이 기영을 혼낼 터였다. 기영은 미나의 집 현관문 앞에 서서 한참을 망설였다. 얼마나 그렇게 망설였던가? 10분이었던 것 같기도 하고, 한 시간이었던 것 같기도 했다. 어쨌든 건물 계단실 창밖이 아직 어둠에 잠겨 있을 때였다. 아무 전조도 없이 현관문이 열렸다.

잠옷 차림의 미나가 졸음이 덜 가신 얼굴로 서 있었다.

미나는 기영을 보고 놀라지 않았다.

"네가 오는 꿈을 꿨어."

지금은 이해할 수 없지만, 그때는 미나의 그 말이 충분히 납득이 됐다. 그냥 그럴 수도 있을 것 같았다. 기영은 고개를 끄덕였다. 머리카락에 앉은 눈이 녹아 콧날을 타고 흘러내렸다. 미나가 옷소매로 물을 닦아줬다. 기영은 행복했다.

"좀 걸을래?"

"좋아."

미나가 패딩을 걸치고 나왔다. 둘은 손을 잡고 고요한 골목을 걸었다. 꽤 추웠는데도 둘 다 춥다는 말을 하지 않았다. 둘은 시내버스 차고지까지 걸어서 그 앞 시장에 있는, 새벽에 문을 여는 우동집을 찾아냈다. 돈이 모자라서 우동 한 그릇을 시켜 나눠 먹었다. 미나는 쑥갓을 싫어했고 유부를 좋아했다.

지금의 미나는 유부를 먹을 수 없었다.

기영은 텅 빈 도심을 운전해 미나의 원룸 앞에 도착했다. 지금은 자정이 좀 넘었고 뱀파이어들에게는 한창 활동할 시간이었다. 창문 불이 꺼져 있었지만 그걸로는 미나가 집에 있는지 없는지 알 수 없었다. 뱀파이어들은 어두워도 앞을 보는 데 지장이 없다. 미나는…… 너무 많은 것이 과거와 달랐다. 만날 때마다 똑같다고 생각했던 것은 착각이었다. 미나는 기영과 다른 시간을 살았다. 다른 세상을 보았다. 다른 나라와 다른 가족과 다른 규칙이 필요했다. 앞으로도 그럴 것이다. 기영의 꿈을 꾸다 잠에서 깨 문을 열어주는 그런 마법 같은 일이 다시 일어날 리 없다는 것을 잘 알았다.

기영은 심호흡을 하고 초인종을 눌렀다.

아무 반응도 없었다.

다시 초인종을 눌렀다.

세 번째로 초인종을 눌렀을 때 문이 열리고 미나가 나왔다. 미나는 반갑지도 않고 그렇다고 화가 나지도 않은 듯한, 그저 피곤한 눈빛으로 기영을 마주 보았다.

"뭐야? 난 할 말 없어."

기영은 미나를 와락 끌어안았다.

미나를 만나면 사과를 하려고 했다. 어른스러운 사과의 말을 열심히 준비했다. 받아주지 않는대도 너무 실망하지 말자고 스스로를 다잡았다. 그런데 그 모든 게 소용없었다. 미나를 본 순간 그런 건 다 머리카락에 앉은 눈송이처럼 녹아 사라졌다. 기영은 미나를 힘껏 부둥켜 안고 가슴에 얼굴을 묻은 채 말했다.

"미나야, 안 가면 안 돼? 널 사랑해. 정말 사랑해."

미나는 뱀파이어 전용칸이 있는 유럽 항공사 비행기편을 예약했다. 낮에는 절대로 창문을 열지 않고, 기내식 대신 수혈팩을 제공한다는 모양이었다. 티켓이 비쌌지만 대모가 제공해주었다고 했다. 미나는 19세기에 찍은 듯한 대모의 은판사진을 기영에게 보여주었다. 막연히 백인일 거라고 상상했는데 의외로 인도계 여성이었다. 사진 속에서 그는 긴 머리카락을 땋아 내리고 점잖게 두 손을 포개고 앉아 카메라를 응시하고 있었다.

"너무 옛날 사진이다. 이번에 가면 네가 새로 찍어드려."

"사진 많이 찍어서 너 보내줄게."

미나는 씩 웃으며 사진을 주머니에 넣고 라운지 창밖으로 날아오르는 비행기를 올려다보았다. 기분이 좋아 보였다. 난생처음 유럽에 가본다고 며칠 전부터 들떠 있었다. 대학 시절 유럽여행을 다녀온 경험이 있는 기영은 이런저런 조언을 해주었다. 챙겨 가야 할 물건, 주의해야 할 점, 가봐야 할 곳들……. 하지만 기영이 추천한 명소들 중 상당수는 미나가 갈 수 없는 곳들이었다. 유럽이 한국보다 뱀파이어 권리 보장이 더 잘되어 있다고는 하지만, 야간 노동을 지양하는 분위기여서 상점이나 기관들이 일찍 문을 닫기 때문이었다. 대신 야간에 뱀파이어들의 노동으로 굴러가는 뱀파이어 전용 시설들이 있었다. 뱀파이어 영화관, 뱀파이어 마트, 뱀파이어 옷 가게, 뱀파이어 문화 센터.

"인간도 그런 데 가도 돼?"

"상관없대. 오히려 좋아한다던데. 뱀파이어들이 소비해주는 것만으로는 임대료가 감당 안 된다고."

"그럼 나도 다음에 가면 너 따라 밤의 런던 투어할래."

기영은 오는 여름휴가에 연차를 붙여서 런던에 가겠다고 약속했다. 한석에게는 아직 말하지 않았지만 어떻게든 밀어붙일 작정이었다. 더불어 런던에 뱀파이어 친구가 있다고 밝히고, 앞으로 뱀파이어를 모욕하는 발언은 용서하지 않겠다고 선언하기로 했다. 미나는 싸움이 날 텐데 괜찮겠느냐고 걱정했지만 기영의 의지는 확고했다.

"너만 나 보러 올 순 없잖아. 나도 가야지."

미나는 걸음을 늦추고 캐리어 손잡이를 고쳐 쥐면서 머뭇거렸다.

"보고 싶을 거야."

"반년이나 잠적한 적도 있으면서 두세 달 가지고."

핀잔 섞인 기영의 말에 미나는 머쓱한 듯 고개만 끄덕였다.

둘은 잠시 그렇게 어색하게 서 있었다. 런던 히드로행 비행기 탑승 안내 방송이 울려 퍼졌다. 손에 여권을 든 사람들이 기영과 미나를 피해 지나갔다. 한 부부가 어린 쌍둥이 딸의 손을 잡고 게이트로 향했다. 미나가 게이트를 흘끔 돌아보았다.

"그럼……"

그 순간 기영은 무엇을 해야 하는지 알았다.

기영은 미나의 입에 입을 맞췄다. 입술이 닿자마자 기영은 생각했다. 흡혈보다 이게 더 좋구나.

레즈비언들에게 잔혹하게 구는 '헤녀'들의 지독한 '우정'에 대한 경험담을 많이 들었어요. 끝끝내 연인이 되어주지 않은 헤녀 친구에 대한 원망과 좌절감도요. 〈나의 레즈비언 뱀파이어 친구〉가 그 레즈비언들에게 작으나마 위로와 설욕이 되어줄 수 있다면 기쁘겠습니다.

그리고 퀴어의 은유로서의 뱀파이어에 대해서는 오래전부터 관심이 있었는데, 이번 기회에 글로 풀어낼 수 있어서 즐거웠습니다. 이 세계에 애정이 생겨서 다음에 같은 배경으로 또 다른 이야기를 쓰고 싶다는 생각이 들었어요. 카르밀라에게는 어떤 사연이 있을까? 미나의 가족들은 어떤 뱀파이어들일까? 상상할 수 있는 이야기가 많네요. (출판사의 연락을 기다립니다.)

2022년 한국에서 아직 뱀파이어는 가시화되지 않았지만, 지금도 다수자들 사이에 숨어서 살아가고 있을 뱀파이어들에게 응원을 보냅니다. 더불어 귀한 지면을 허락해주신 큐큐 편집부에 감사드립니다.

아밀

소설집 《로드킬》, 산문집 《생강빵과 진저브레드》 등이 있다.

다가가지 못하는

1970년대 새내기 레즈비언으로서 나는 도덕적 자기 확
신으로 충만했다. 어떤 사람이 자신이 징그러운 변태가 아
니라 정치적 이유로 특히 축복받은 섹슈얼리티라는 사실을
알게 된다면 그것은 정말 즐거운 일이 아닐 수 없다. (중략)
1980년대 사도마조히스트 페미니스트로서의 경험은 1950
년대 공산주의 동성애자들의 경험과 유사할 것이다.

_게일 루빈, 《일탈》•

우리 가족은 매해 6월 말마다 작은 레즈비언 깃발이나 무지
개 깃발을 하나씩 손에 들고 행진에 나섰다. 두 엄마 사이에 끼

• 게일 루빈, 《일탈》, 임옥희 외 옮김, 현실문화 2015.

어 이쪽저쪽으로 깃발을 옮겨 쥐며 살짝 끈적하게 달아오른 아스팔트 위로 걸어가는 기분은 늘 근사했다. 경찰들이 양쪽에서 우리를 위해 폴리스 라인을 쳐주고 그 너머에는 여러 가지 깃발을 꽂은 노점상들이 솜사탕이며 어묵이나 떡볶이를 팔았다. 사람들은 각자의 속도로 천천히 걸었고, 어린아이들은 폴리스 라인 이쪽저쪽을 오가며 솜사탕이나 전자 꽃불을 사 오기도 했다. 그런 모습을 보면 엄마들은 나를 가운데 두고 서로 얼굴을 마주 보며 웃었다.

"늘 이렇지는 않았지."

"그래. 20년 전만 해도……."

20년 전이면 내가 태어나기 5년 전이다. 그때만 해도 남자와 남자, 여자와 여자가 사랑하고 결혼한다는 것이 무척 대단한 반대에 부딪혔다고 엄마들은 입이 닳도록 이야기했다. 그때는 이 작은 도시에서 퀴어 퍼레이드를 한번 벌이려면 퀴어들을 혐오하는 세력과 전쟁 같은 소동을 한판 치러야만 했다고 한다. 성별 불쾌감에서 벗어나기 위한 트랜지션도, 어떤 성이든 사랑하는 바이섹슈얼이나 팬섹슈얼도 쉬쉬해야 하는 시대였다니 아무리 들어도 이해가 가지 않는다. 입양조차도! 이미 태어난 아이들을 책임지고 사랑하는 입양조차도 친자가 아니라고 주변에서 반대를 당하고, 드러내면 아이에게 상처를 준다고 감추어야 했던 건

대체 어떤 사회였을까? 그게 겨우 20년 전이었다니 믿어지지가 않는다.

나는 입양되었다. 입양된 아이들은 우리 반 아이들 중에서도 서너 명 더 있다. 반드시 출산의 고통을 겪지 않고서도 아이를 키우고 싶은 예비 양육자가 있고, 아이를 낳았지만 이떤 사정으로든 키울 형편이 안 되는 출산모가 있다. 나는 열 살이라는 비교적 이른 나이에 나를 좋아하고 내가 좋아하는 양모들을 만나 입양 수속을 빨리 밟은 편이다. 국가가 운영하는 보육-성장원에서 서로 잘 맞는 가족이 나타나기를 오랫동안 기다리거나, 아예 그곳에서 성인이 되어 사회로 진입하는 사람들도 있다. 선택하기 나름이지만 나는 우리 엄마들과 함께 살며 학교에 다니는 이 생활이 마음에 든다.

이번 퀴어 퍼레이드 날은 바람이 제법 불어 그다지 덥지 않았다. 뒤에서 불어오는 바람이 내가 입은 진홍색 원피스 자락을 스치고, 주황색과 흰색, 진홍색이 어우러진 종이 깃발을 바삭이는 순간이었다. 문득 앞쪽에 못 보던 새로운 깃발과, 깃발을 들고 있는 소녀가 보였다.

"선이 엄마, 저거 뭐예요?"

"웅? 어떤 거?"

"저기 파란 바탕에 빨간색 깃발."

소녀가 들고 있는 파란색과 검은색 줄무늬 바탕에 빨간색 깃발은 삼태극과 비슷했는데, 가운데 둥근 부분에 흰 점이 하나씩 박혀 있었다. 무지개 깃발과 빨간 색조 위주의 색색 가지 깃발이 휘날리는 행진 속에서 강렬한 빨간색 깃발은 묘하게 눈길을 끌었다. 그것을 든 소녀도 마찬가지였다. 내 또래로 보이는 소녀는 날개 뼈까지 오는 긴 생머리에 눈 아래 검은색 칠을 하고, 피부에는 퍼렇게 보일 정도로 흰 파우더를 발랐다. 목에는 벨벳 초커를 두르고, 몸에는 검정 가죽 코르셋과 짧은 가죽 바지를 입고 가죽 장갑을 끼고, 무릎길이가 넘는 긴 가죽 장화를 신었다. 아무리 덥지 않은 날이라고 해도 유월 말인데 아이는 땀 한 방울 흘리는 것 같지 않았다. 아이가 들고 있는 깃발은 내가 든 종이 깃발의 네 배 크기였다. 선이 엄마가 작게 숨을 들이켜는 소리가 옆에서 들렸다. 옆에서 민이 엄마가 헛웃음을 터뜨렸다.

"와…… 이건."

"뭔데요, 엄마?"

어느새 아이의 주변에는 보이지 않는 원이 형성되어 있었다. 아무도 원을 넘어가 아이의 옆에 서지 않았다. 그렇다고 호기심에 찬 사람들이 원에서 많이 멀어지지도 않았다. 그렇게 우리는 아이와 함께 조용히, 천천히 걸어갔다. 민이 엄마가 말했다.

"BDSM 깃발이야. 퀴어 퍼레이드에 나온 건 나도 처음 보는 것 같아."

"BDSM이 뭔데요?"

"그건…… 집에 가서 위키에서 찾아보렴."

민이 엄마가 곤란한 듯이 말하자 선이 엄마가 피식 웃었다.

"알 만큼 아는 나이의 딸한테 왜 그래. SM 말이야, 사도마조히즘."

"아아……."

이번에는 내 귓가가 빨개졌다. SM이 뭔지는 대충 알고 있었지만, 엄마 입에서 그런 말을 듣는 건 아무래도 민망하다.

생각해보면 아이 주위의 우리 모두가 그렇게 엄숙한 분위기를 유지했던 것이 이상하다. 아이의 복장 자체는 퀴어 퍼레이드에서 낯설지 않았기 때문이다. 가죽 코르셋도, 초커도, 사이하이부츠도 게이 오빠들이 가끔 입고 나와 신나게 음악에 맞춰 춤추는 장면을 본 적이 있었다. 낯선 부분이라고는 아이가 들고 있던 깃발 하나와, 아이의 진지한 태도뿐이었다.

하지만 그것만으로도 눈에 띄었던 것이, 아이가 나타나기 전까지는 퀴어 퍼레이드란 정말로 신나는 축제였기 때문이다. 선도 차에서는 음악이 울렸고 음악이 들리는 한도 내에 있는 사람들은 다들 춤을 추었다. 음악이 들리지 않는 곳에 있는 사람들도 모두 웃고 떠들었다. 사람들은 눈을 마주치면 미소를 지었고 어린이들은 어른들 사이를 누비며 뛰놀았다. 퀴어 퍼레이드가 성 정체성의 표출에서 시작되었다는 것은 모두 알고 있었지만, 이제 성적인 부분은 거의 다 휘발되어 사라지다시피 한 상태였다. 알몸은 머드 축제나 토마토 축제처럼 축제의 한 부분일 뿐이고, 여기저기가 찢어지거나 노출된 복장은 하나도 야하지 않았다. 그러나 그때 깃발을 들고 나타난 아이의 모습과 동작에는 엄숙하면서도 관능적인 부분이 있었다. 어른들은 저도 모르게 어린이들의 손을 잡아 끌어당겼고 얼굴에서는 미소가 사라졌다. 날아갔던 음란과 관능이 되돌아오면서 축제의 흥이 깨졌다.

갑자기 피곤해진 우리 가족은 서서히 대열에서 빠져나왔다. 마지막으로 소녀를 훔쳐보던 나는 번개처럼 깨달았다. 아무리 낯선 화장과 복장을 했다고 해도 어떻게 모를 수가 있었을까. 아이는 우리 반 15번, 임정인이었다.

임정인은 평소에 눈에 띄는 아이는 아니었다. 나보다 키가 조금 더 작고 조금 더 통통하고 말수가 적은 데다가, 성적도 무난했다. 같이 붙어 다니는 아이들도 조용한 아이들이 두세 명 정도. 정인이의 그런 생활도 이제 끝났다는 것을 나는 직감했다.

다음 날 학교에서 보게 된 광경은 내 생각대로였다. 평소 정인이와 어울리던 아이들은 쉬는 시간이 되어도 교실 세 번째 줄의 정인이 자리에 다가오지 않았다. 정인이와 가까이 앉아 있는 아이들은 말없이 곁눈질로 훔쳐보기만 했고, 자리와 멀어질수록 웅성거리는 소리가 커졌다. '퀴퍼'니 'SM'이니 하는 소리, 가끔가다 낄낄거리는 소리가 한 줄 뒤에 앉은 내 귀에까지 다 들렸다. 정인이 귀에도 들릴 것이다. 정인이는 표정을 알 수 없는 얼굴로 책상만 내려다보고 있었다.

'왜 그랬어?'

너무나 물어보고 싶었다. 그러나 곧장 다가가서 물어볼 수는 없었다. 그렇게 한다면 아이들은 나와 정인이가 무슨 사이일까 쑥덕댈 것이고, 나도 정인이와 같은 취급을 받을 것이다. 나와 친하게 지내는 아이들도 내게 다가오지 않을 것이다. 호기심을 풀기 위해서 그런 대접을 감내할 자신까지는 없었다. 하지만 정말로 알고 싶었다.

물론 SM이 무엇인지는 어렴풋이 알고 있다. 내가 자위를 시작한 것은 열두 살 때부터였고, 그때 내가 품고 있던 판타지에는 마조히즘이 섞여 있었다. 다른 사람들은 어떤지 모르겠지만 내가 자위할 때 떠올리던 판타지는 동화 속에 나오는 이야기들이었다. 악역이 착한 주인공을 핍박하는 이야기들은 내가 오르가슴에 오르게 만드는 단골 판타지였다. 계모가 한겨울에 귀한 과일을 구해 오라고 홑옷만 입은 전실 딸을 내몰아 헤매게 할 때, 먼 나라로 시집가던 공주의 옷을 시녀가 빼앗아 입고 공주를 거위치기 소녀로 전락시킬 때 클리토리스를 문지르던 손가락 아래에서 몸은 흥분으로 부르르 떨었고 호흡이 가빠졌다. 그러나 나는 그것이 성적인 판타지라고는 전혀 생각하지 못했다.

대신 나는 내가 순결한 동화를 타락시키는 불순한 괴물이라고 생각했다. 엄마들과 선생님들이 성적인 면에는 전혀 죄책감을 가질 필요가 없으며 일정한 나이를 지나고 상대의 동의를 구한 후에는 얼마든지 즐길 수 있다고 가르쳤음에도 그랬다. 엄마들의 말, 선생님들의 말이 틀리다고 생각하지 않는데도 그랬다.

나에게는 일찍 정체화한 게이 친구들과 레즈비언 친구들이 있다. 남자와 성행위나 로맨틱한 행위를 한다는 생각을 하면 거부감이 먼저 이는 것을 보면 아마 나도 레즈비언이 아닐까 생각한다. 바이섹슈얼이나 팬섹슈얼, 에이섹슈얼도 이상하지 않다. 하지만 에세머는…… 스스로의 존엄을 내려놓고 굴욕이나 매질을 당하는 상황을 상상하거나 그런 상황을 즐긴다는 건 성적 성향과는 완전히 다른 이야기가 아닐까. 그것이야말로 **변태**가 아닐까. 더군다나 성적인 것과 관계도 없는 상황에서 흥분을 느껴버리다니, 나는 변태가 아닐까. 이런 생각을 10분, 20분 하고 있다 보면 머리가 빙글빙글 돌고 눈물이 나올 것 같았다. 엄마들이 지나가는 말로 "너는 여자가 좋니, 남자가 좋니?"라든지 "사춘기가 온 것 같으면 얘기해라. 축하해줄게" 할 때마다 나는 웃으면서 "아직 몰라" 하고 말았지만, 가슴에는 커다란 돌이 얹힌 듯이 답답했다. 엄마들에게는 절대로 말할 수 없었다. 매일 출근하기 전에, 퇴근하고 와서 키스하고 손을 잡는 엄마들의 애정에는 그런 불순물이 끼어들 여지가 조금도 없어 보였다. 내가 이런 이야기를 하면 엄마들은 대경실색을 하며 나를 병원으로 데려갈 것만 같았다. 만약 내게 동기(同氣)가 있었다면 말할 수 있었을까? 그것도 의심스럽다. 나이가 비슷한 동기라고 해서 이런 문제에서 이해의 폭이 넓어지는 것은 아닐 터이니.

같은 반이지만 지금까지는 전혀 신경도 쓰지 않았던 정인이. 이런 이야기를 정인이와는 할 수 있을까? 퀴어 퍼레이드에서 정인이가 BDSM 깃발을 들었다는 사실 하나만으로? 알 수 없는 일이다. 하지만 어쩌면…… 어쩌면? 아무에게도 이야기하지 못할 문제를 가지고 있을 때, 비합리적인 희망의 꽃은 아무 데서나 자라나는지도 모르겠다.

물어보고 싶다는 마음만 품고 있다가 1학기가 전부 지나갔다. 그동안 정인이는 눈에 띄게 외톨이가 되었다. 정인이에게 다가가는 사람은 누구든지 다른 아이들의 화젯거리가 되었다. 자연히 나도 정인이에게 다가갈 수가 없었다. 그런데 구원의 손길은 뜻밖의 곳에서 뻗어왔다. 민이 엄마였다.

"너 여름방학 동안 수학 과외 할래? 일주일에 두 번. 작년에 우리 학교 졸업한 학생이 방학 동안 집에 내려와서 수학 과외를 한대. 실력 괜찮은 애야. 그런데 과외하는 애가 너랑 같은 반이라지 뭐니. 그래서 내가 얼른, 조금 싸게 해서 너까지 해주면 안 되냐고 했지."

"아니 그럴 거면 그냥 엄마가 가르쳐주면 되지, 엄마가 수학 교사면서……."

"애, 너 자기 자식은 못 가르치는 거다. 내가 너 가르치면 내 성격 버리고 너랑 사이 나빠져. 그런데 같이할 애가 자기 집에서 했으면 좋겠다는데, 괜찮겠니?"

"그건 상관없어요. 그런데 우리 반 누구인데?"

"그게…… 이름이 임정인이라던가? 얘기하면 알 거라던데? 그런데 낯가림이 심한 건지 수줍음이 많은 건지, 네가 싫으면 관둬도 된다고 그랬대."

"아……."

머리를 한 대 얻어맞은 것 같았다. 이렇게도 인연이 닿는구나. 나는 최대한 침착한 목소리로 말했다.

"아니, 싫을 거 없어. 걔가 괜히 자격지심에 그럴 거예요. 걔가 왜, 퀴퍼 때 BDSM 깃발 들었던 애거든."

그러면서 나도 모르게 엄마의 얼굴을 살피고 있었다. 다행히 엄마는 아무렇지도 않은 듯이 보였다.

"아, 걔? 공부하는데 무슨 상관이야. 그럼 그렇게 알고 연락해 둔다. 알았지?"

엄마가 '실력 괜찮은 애'라고 장담한 대학생 언니는 정말 수학을 잘 가르쳤다. 옆에 앉은 정인이가 신경 쓰이다가도 새로운 개념을 배우는 재미에 잊어버릴 정도로. 두 주는 그렇게 정신없이 지나갔는데, 세 번째 주에 정인이네 집에 도착했을 때 전화가 왔다.

"여보세요?"

"응, 수학 선생님이야. 선생님 집에 급한 사정이 있어서 오늘 수업은 힘들 것 같다. 대신 이번 주말에 보강을 해도 괜찮겠니? 정인이한테도 좀 물어봐줘."

정인이는 잠자코 고개를 끄덕였다. 전화를 끊고 난 후 우리는 아무 말 없이 5분쯤 음료수를 홀짝이며 나란히 앉아 있었다. 그러다가 정인이가 먼저 말했다.

"그럼 잘 가."

그때까지만 해도 할 말도 없고 어색한 분위기를 이기지 못해 그만 가야겠다고 생각하고 있었는데, 그 말을 듣자 왈칵 화가 났다. 나는 정인이에게 물어볼 것이 정말 많았는데 나한테 곁도 한번 주지 않고! 이것이 말도 안 되는 짜증이라는 것은 잘 알고 있었다. 정인이와 나는 수학 시간에 딱히 친해진 것도 아니었고, 수학 시간이 끝나면 서로 서먹하게 인사하고 헤어지기 바빴다. 하지만 그런 객관적인 사정을 돌아보는 생각보다 말이 먼저 튀어 나가고 말았다.

"야, 임정인. 그런 게 어디 있어. 우리가 그래도 몇 주 동안 같이 수업을 했는데, 적어도 이야기는 해줘야 할 거 아냐."

"응? 무슨 이야기?"

정인이는 진심으로 놀란 표정을 지었다. 그 맹한 얼굴을 보자 가슴속에서 울컥 치밀어 오르는 감정을 더욱 누를 수가 없었다. 몇 주 동안이나 곱씹던 생각이었으므로 그 말은 자연스럽게 입밖으로 불쑥 나와버리고 말았다.

"너 그날 무슨 생각으로 깃발을 들고 나왔니?"

그 말을 듣자 정인이의 얼굴은 삽시간에 변했다. 새파래지고 약간의 체념이 깃들었지만, 무엇보다도 경멸과 경계심이 비늘처럼 일어선 얼굴이었다. 정인이가 약간 잠긴 목소리로 말했다.

"너 그래서 나랑 공부하겠다고 한 거니? 내가 왜 그날 깃발을 들고 나갔는지 궁금해서? 듣고 싶어서?"

이번에 당황한 쪽은 나였다. 나는 떨리는 목소리로 말했다.

"아니야. 그게 아니고, 난 너하고 솔직하게 말하고 싶어서……."

"뭘 솔직하게 말하고 싶은데? SM은 이상한 거니까 그만두라고? 누구한테 맞거나 굴욕을 느끼면서 좋아하는 건 병적인 거라고? 그날 이후로 내가 그런 말을 얼마나 많이 들었는지 아니? 특히 친구들한테. 너한테까지 그런 말 안 들어도 될 정도로 충분히 들었거든? 더구나 난 돔이거든? 그러니까……."

"그게 아니라 정말 듣고 싶다고! 넌 그냥 가만히 있어도 되는 거였잖아. 우린 아직 어리고, 어떤 정체성을 밝히지 않고 퀴퍼에 참여해도 아무도 뭐라고 하지 않잖아. 그렇게 해서 넌 손해만 봤잖아. 그다음에 학교에서 네가 어떻게 지내는지 내가 다 봤어. 내가 다 답답해서 그래. 네가 왜 그랬는지……."

정인이의 표정이 다시 한번 험악해지려고 했다가 어느 순간 누그러졌다. 정인이의 마음을 조금이라도 푼 것이 나의 눌변은 아니었을 것이다. 내 말에 깃든 울음기였는지도 모르고, 손을 어디에다 둘 줄 모르고 흔들어대던 몸짓이었을지도 모른다. 아니, 사실은 정인이도 누구에게든지 말하고 싶을 정도로 답답했을 수도 있다. 정인이는 사납고 거칠게 일어서며 말했다.

"왜였겠어? 우리 윗세대들이 말하고 싶었던 것과 똑같은 거야. 우리 윗세대들은 모든 손해를 감수하고 자기가 게이라고,

레즈비언이라고, 바이라고, 트랜스젠더라고 선언하고 싶어 했다지. 나도 내 정체를 계속 숨기기 싫었어. 나는 여덟 살 때부터 내가 다른 사람과 다르다는 걸 알았어. 다른 아이들이 인형에 옷을 입히고 놀 때 나는 인형을 끈으로 묶고, 인형을 엎어서 엉덩이를 때려보고, 인형이 자극에 못 이겨 우는 모습을 상상하며 쓰다듬어줬어. 그렇다고 내 가정환경이 이상하다든가 하는 생각은 하지 마. 우리 집에 몇 번 와보지 않아서 모르겠지만 우리 엄마 아빠와 언니는 날 사랑해. 내가 퀴어에서 커밍아웃을 하겠다고 했을 때 제일 걱정하면서도 지지해준 것도 우리 가족이야. 하지만 그냥 평범하게 여자를 사랑하면서 살면 안 되냐고 물어본 것도 우리 가족이었어. 난 달라, 다른 걸 어쩌겠어?"

나는 그 자리에 서서 비를 맞듯 정인이의 말을 맞았다. 한여름의 소나기처럼 정인이의 말이 시원하게 나를 때렸다. '나도……'라는 말이 입 안에 맴돌았지만, 어쩐지 그 말을 입 밖에 낼 수가 없었다. 정인이는 폭포수처럼 말을 계속했다.

"어떤 아이는 쉬는 시간에 나한테 와서 그러더라. BDSM은 아무나 할 수 있으니까 퀴어가 아니래. 난 '아무나'에 대해서는 몰라. 나에 대해서만 알아. 그리고 나는 여자를 사랑하지만, 그냥 여자를 사랑할 수는 없어. 내 사람이 무릎을 꿇고, 내 앞에 항복하고, 내게 힘을 넘겨주고, 내가 부드럽게 쓰다듬는 것 이상의 강한 자극을 내게서 바랐으면 좋겠어. 난 내게 그렇게 해줄 수 있는 단 하나의 사람을 찾을 테야. 너희들 눈에 아무리 이상해 보여도, 이건 양보할 수 없는 거야. 이게 성 정체성이 아니라면 난 성 정체성이 뭔지 몰라."

바로 그 순간, 나는 목마르게 정인이의 '단 하나의 사람'이 되고 싶어졌다. 나는 정인이의 손을 잡고 잠시 친구답게 포옹했다. 정인이는 깜짝 놀란 눈빛으로 나를 바라보다가 이윽고 누그러졌다. 긴장한 목과 어깨의 힘이 풀리고, 빳빳하게 서 있던 척추가 부드럽게 내려앉았다.

그날 이후, 우리 사이는 겉보기로는 달라진 것이 없었다. 정인이가 나를 대하는 태도가 약간 더 느슨해지고, 내가 정인이를 대하는 태도가 약간 더 친밀해졌을 뿐. 그러나 정인이와 이야기를 나눌 때, 어쩌다 손이나 팔이 스칠 때면 맥박수가 좀 더 빨라졌고 가슴속에는 소용돌이가 일었다. 그래도 엄마가 추천한 대학생 언니는 참으로 실력 있는 선생님이었다. 2학기 때 우리 둘 다 수학 성적이 조금씩 오른 것을 보면.

재채기와 사랑은 숨길 수가 없다는 영어 속담이 있다고 한다. 나의 '재채기'는 정인이와 단짝이 되는 모습으로 나타났다. 지금까지의 친구 관계를 군이 버릴 생각은 없었지만, 친구들이 정인이와 섞일 수가 없다면 정인이 쪽을 택할 수밖에 없었다. 그리고 예상했던 대로 친구들은 정인이와 섞이지 않았다.

"걔는 좀 부담스럽잖아."

마지막까지 내게 연락하던 예진이에게 정인이와 셋이 놀자고 했을 때 받은 답신이었다. 나는 혀를 쯧 차고 예진이의 연락처를 지웠다. 이제 내 폰에는 반장이나 비상 연락망 외에는 정인이의 연락처밖에 남지 않았다. 후회는 되지 않았다. 그나마 다행인 것은, 내가 여름방학 때 정인이와 같이 과외를 받았다는 사실이 알음알음 전해지면서 '그러다 보니 친해진 것'으로 여겨준 아이들이 많았다는 것이다.

나는 2학기 동안 BDSM에 대해 정인이에게 많이 배웠다. 일단 들어줄 사람이 생기자 정인이는 봇물이 터진 듯이 아는 자식을 좔좔 쏟아냈다. 막연하게만 알던 돔(Dominant)이나 섭(Submissive), 탑(Top)이나 바텀(Bottom) 같은 용어라든지, 자신이 아는 BDSM의 원칙은 'Safe, Sane, Consensual'이라든지 하는 이야기들부터 시작해서, 스팽을 하는 방법이며 로프를 묶는 방법까지 다양한 이야기를 펼쳐나갔다.

"안전하게, 제정신으로, 합의에 따라서?"

"당연하지. 사람 몸은 인형이나 일회용품이 아니고, BDSM은 서로 힘을 주고받는 행위야. 합의 없이는 BDSM도 없어. 얼마나 심하게 아프게 할지, 어떻게 아프게 할지, 이런 것도 다 합의에 따라서 해야 하는 거야."

"그럼 섭이 못 견디면?"

"그럴 때를 위해서 세이프워드가 있는 거고, 섭이 세이프워드를 말하면 그때는 돔이 참아야지. 나도 인터넷을 보고 독학하는 거지만, 난 섭은 돔을 위해 참는 사람이고, 돔은 섭을 위해 참는 사람이라고 생각해. 섭이 돔을 위해 고통을 참는 것처럼, 돔도 섭을 위해 욕구를 억눌러야 진정한 돔일 거야. 적어도 난 그런 돔이 되고 싶어."

"그러면 제정신은 뭐야? 넌 어디까지가 '제정신'의 한계라고 생각해?"

"우선 문자 그대로의 제정신이 있겠지. 술이나 약 같은 걸 하지 않고 플레이하는 게 가장 중요할 거야. 그다음에는 인체의 복원가능성? 섭의 몸에 복원할 수 없는 상처를 입히는 건 제정신이 아니라고 생각해. 블러드플을 하는 사람들은 이 말에 반대하겠지만, 내 생각은 그래."

하굣길에 우리는 이런 이야기들을 소곤거리며 돌아왔다. 반쯤은 섹스에 대한 이야기이고, 반쯤은 중학교 2학년의 철학 같은 이야기였다. 어쩌면 중학교 2학년은 세상의 섹스와 사랑에 대해 제일 먼저 철학을 세우는 나이인지도 모르겠다.

다음 해 봄에는 대통령 선거가 있었고, 우리는 중학교 3학년으로 올라갔다. 이번에는 반동적인 대통령이 선출되었다고 엄마들이 걱정했지만 아직 투표권이 없는 우리에게는 먼 이야기로 느껴졌다. 몇 번의 시험이 지나자 시간은 금방금방 흘러갔고, 곧 퀴어 퍼레이드의 달이 돌아왔다. 나는 정인이에게 넌지시 물었다.

"너 이번에도 깃발 들 거야?"

"당연하지. 나한테 더 떨어질 체면이 어디 있니? 내 프라이드는 BDSM 프라이드야."

"너도 참 대단하다."

이렇게 말하는 내 마음은 복잡했다. 반쯤은 정인이가 깃발을 같이 들자고 권해줬으면 했고, 반쯤은 그런 난감한 부탁을 하지 말아줬으면 했다. 정인이가 부탁하면 도저히 거절할 자신이 없었지만 나는 아직도, 친구의 곁에 서서 내가 에세머라고 말할 용기가 없었다. 다행인지 불행인지 정인이는 깃발을 같이 들자고 하지 않았다. 대신 "행진하다 가끔 놀러 와" 하고 웃으며 말했을 뿐이다.

"그쯤이야."

나도 웃으며 대답했다.

이번 해의 퀴어 퍼레이드는 불바다같이 더웠다. 햇볕이 쨍쨍 내리쬐는데 바람 한 점 없었다. 헐렁한 티셔츠와 면바지를 걸친 나도 더운데 작년처럼 가죽 코르셋을 입고 사이하이 부츠를 신은 정인이는 더 더울 터였다. 나는 시원한 음료수를 정인이에게 사다 주기도 하고, 엄마들에게 정인이를 소개하기도 했다. 내 작은 노력이 효과가 있었던 걸까. 작년처럼 정인이를 둘러싼 원이 뚜렷해 보이지는 않았다. 엄마들도 정인이의 인사를 잘 받아주었고, 정인이 옆에서 걷기도 했다. 조금 떨어져서 정인이를 따라오던 정인이 가족과 인사도 했다. 손수건으로 땀을 찍어내며 우리와 함께 웃고 떠들며 걸어가는 정인이는 화장이나 깃발에 상관없이 그냥 평범한 퍼레이드 참가자로 보였다. 다행이었다. 이렇게 세 해 네 해 되풀이되면 BDSM 깃발도 사람들에게 익숙해질 거라고, 어쩌면 자기 옆에 와서 서는 사람이 생길지도 모른다고 정인이는 웃으면서 이야기했다. 나는 그렇게까지 낙관적으로 생각하지는 않았지만, 정인이가 웃는 모습을 보니 기뻤다. 무더운 날씨를 견디다 못해 우리는 집 근처에서 퀴퍼 완주를 포기했고, 정인이는 우리 집에서 샤워를 하고 옷을 갈아입은 후 돌아갔다. 그렇게 퀴어 퍼레이드는 잘 끝났다.

문제는 퀴어 퍼레이드가 끝난 지 한 달 후에 일어났다. 정인이가 하교하기 전에 교무실에 다녀오더니, 집에 가는 길에 창백해진 얼굴로 나를 바라보며 말했다.

"너, 믿어지니? 나더러 반성문을 쓰래."

"무슨 반성문? 너 뭐 잘못했어?"

"나뿐만이 아니야. 트랜스젠더 기를 들고 나갔던 애들도 교무실에 와 있었어. 에세머랑 트랜스젠더는 공인된 성소수자가 아닌데 퀴어 퍼레이드에 나가서 사회의 도덕적 기강을 어지럽혔다고 반성문을 쓰라는 거야. 이게 말이 돼?"

"트랜스젠더가 성소수자가 아니라고? 아니, 공인된 성소수자는 또 뭐야?"

나는 어안이 벙벙해졌다. 물론 우리 나이의 트랜스젠더들은 이제 물리적 트랜지션 시술을 하지 않는다. 해도 되고 안 해도 되고, 할 사람은 적어도 20대 초까지 기다렸다가 하는 편이 부작용이 적기 때문이다. 하지만 자신의 성 확정은 언제든 할 수 있으며 사회 구성원들은 트랜스젠더의 성 확정을 존중해야 한다. 이게 우리가 자라면서 배워온 상식이 아니던가. 나는 급하게 민이 엄마에게 톡을 날렸다.

— 엄마, 엄마 학교에서도 트랜스젠더 반성문 쓰래요?

— 집에 가서 얘기하자. 반성문이 문제가 아니다.

— 에세머도?

— 우리 학교에는, 아니 내가 알기로 우리 도시에 에세머로 커밍아웃한 아이는 네 친구밖에 없어. 네 친구는 괜찮니?

— 반성문을 쓰래요.

— 조심하라고 해라. 너도 얼른 집에 와.

나는 정인이에게 톡 내용을 보여주었다. 불길한 한기가 우리 사이를 스쳤다. 내가 망설이며 물었다.

"정인아, 우리 집에 왔다 갈래?"

"응, 아무래도 그래야겠어. 너희 엄마는 선생님이니까 무슨 일인지 아실 거 아냐."

우리는 뛰다시피 집으로 갔다. 민이 엄마뿐만 아니라 선이 엄마도 이미 퇴근해 와 있었다. 우리가 오기 전에 무슨 이야기를 나누고 있었는지, 둘 다 표정이 좋지 않았다.

"정인이도 왔구나. 잘 왔다. 어차피 너도 좀 있으면 알게 될 일이니까."

민이 엄마의 서두가 심상치 않았다. 우리는 입도 못 떼고 소파에 앉았다. 선이 엄마가 찬물 한 잔씩을 갖다주었다. 민이 엄마가 헛기침을 했다.

"대통령이 바뀌더니 정부가 말도 안 되는 결정을 했다. 앞으로 성소수자는 정부가 인정하는 한도 내에서만 '편의'를 봐주겠다는 거야. 대상은 게이, 레즈비언, 바이섹슈얼까지. 이 사람들만 성 정체성을 인정받을 수 있고, 결혼할 수 있고, 한마디로 시민 대접을 받을 수 있대. 나머지는 지금까지 받던 '특혜'를 박탈

당한다는 거야. 트랜지션 국민보험 처리는 당연히 안 되고, 모든 것은 '타고난 성'을 기준으로 하겠대. 앞으로 교육과 홍보 지침을 그렇게 하라고……."

"그러면 에세머는요? 에세머는 어떻게 하겠다는 거예요?"

정인이가 비명처럼 외쳤다. 민이 엄마가 절레절레 고개를 저었다.

"에세머는…… 아예 언급도 안 되어 있어. 지워진 거야. 우리 시보다 더 큰 곳은 어떨지 모르지만, 우리 시에서는 너 하나만 입을 다물면 완벽하게 묻히는 거야. 그래서 아마…… 선생님들 입장에서는 너한테 선처를 한다고 생각할지도 모르겠다. 반성문만 받고 없었던 일로 하는 거지."

"말도 안 돼요! 내가 어떤 마음으로 퀴퍼에 나갔는데!"

정인이가 먹먹한 목소리로 화를 내다가 제풀에 고개를 툭 떨구었다. 민이 엄마가 정인이의 머리를 쓰다듬었다.

"얘, 이건 너 혼자 감당할 수도 없고 감당해서도 안 되는 일이야. 어른들도 바보는 아니란다. 트랜스젠더나 다른 성소수자들의 수가 적다고 이런 처사를 가만히 내버려둔다면 다음은 바이섹슈얼, 다음은 레즈비언, 그다음은 게이고, 결국 20년 전 야만의 세월이 되돌아올 거야. 우린 다들 모여 항의 집회를 할 거야. 다들 힘을 합쳐 막아내야 해."

"제가…… 우리 시의 에세머가 지워지지 않으려면 어떻게 해야 하나요?"

나는 정인이의 입을 막고 싶었다. 정인아, 지워지자. 우리 둘만의 세계로 도망가자. 어차피 너는 섭 없는 불완전한 돔이잖니. 내가 너의 섭이 될게, 너는 내 돔이 되어줘. 네가 또 세계와 싸워야 하겠니. 또 상처를 입어야 하겠니.

결과적으로 정인이는 그다음 주 일요일에 열린 집회에 가지 못했다. 정인이의 부모님은 정인이가 너무 눈에 띄고 나중에 학교에서 불이익을 받게 될 것이라고 반대했고, 대신 내가 집회 분위기를 전해주기로 했다. 집회에서는 주로 트랜스젠더와 젠더플루이드들이 나와 발언했고, 모두 함께 우리의 몸은 우리 것, 우리의 몸은 특혜가 아니라는 구호를 외쳤다. 그렇게 외치면서 나는 정인이를 생각했다. 나와 너의 몸은 맞닿을 수 있을까. 네가 그렇게 네 몸의 정체를 공개해버린 다음에도, 우리의 몸은 과연 우리의 것일까. 나는 너에게 다가갈 수 있을까.

집회가 열린 다음에도 학교 분위기는 변하지 않았다. 트랜스젠더와 젠더플루이드들에게는 다가가는 아이들도 있고 등을 돌리는 아이들도 있었다. 하지만 나를 제외하고는 아무도 정인이에게 말을 걸지 않았다. 하루하루 공기가 점점 더 무거워져갔다. 그렇게 시간이 지나가던 어느 날, 방학을 일주일 정도 앞두었을 때 아파트 단지 놀이터 옆을 지나가다가, 정인이가 그네에 주저 앉으며 내게 말했다.

"우리 집, 이사 간대. 그래서 나 전학 가. 2학기에는 다른 학교 로 갈 거야."

"뭐라고? 갑자기 왜?"

우습게도 그 순간 나를 채운 것은 배신감이었다. 나에게 그 많은 지식을 가르쳐줘놓고, 너는 모르겠지만 나를 정체화 직전 까지 이끌어놓고, 나를 마음속에서 섭으로 만들어놓고 너 혼자 도망갈 수 있느냐는 말도 안 되는 배신감이 가슴속을 달렸다. 그러나 정인이는 내 감정을 눈치채지 못하고 발로 땅을 차며 말 했다.

"어쩔 수가 없어. 나 혼자면 어떻게 해보겠는데…… 엄마가 우울증이야. 엄마는 병원 약을 드시고도 하루 종일 넋 빠진 듯 이 아무것도 못하고 있고, 아빠는 다른 도시로 이사 가서 그냥 숨기고 살아보자고 나한테 빌다시피 하셔. 일단 이번 대통령 임 기 지나갈 때까지만 숨겨보자고. 다음엔 달라질 거라고. 아니, 최소한 대학에 가고 성인이 될 때까지만 참아보래."

'그게 뭐야? 다음에도 그 당에서 대통령이 뽑히면, 우리는 영 영 참고만 있어야 하는 거야? 성인이 된다고 뭐가 달라져? 성인 이 되면 내가 너한테 대시할 수 있을까? 나는 내가 에세머라고

인정할 수 있을까?'

뭐라고 소리를 지르고 싶었다. 사실 그건 정인이가 아니라 나 자신에게 지르고 싶은 소리였다. 하지만 그러기에는 정인이의 말끝이 젖어 있어서, 나는 아무 말도 할 수가 없었다. 정인이가 눈물이 글썽거리는 눈으로 나를 바라보며 말했다.

"그동안 나랑 같이 지내줘서 고마워. 듣기 싫을지 모르지만 네가 에세머였으면, 네가 섭이었으면 하는 생각을 얼마나 많이 했는지 몰라. 내가 그런 생각 해서 더럽니? 너도 내가 이상하니?"

그 순간 목이 꽉 메어왔다. 용감한 정인이, 솔직한 정인. 나도 그것을 바랐노라고, 한마디만 하면 되는데 할 수가 없었다. 결국 나는 "으으…… 아니……" 하고 반쯤 되다 만 말을 내뱉었다.

"고마워……."

그 말만으로도 정인이는 일어서서 나를 와락 껴안고 한참을 엉엉 소리 내어 울었다. 나는 그렇게 속 시원히 울지도 못하고 그저 눈물을 줄줄 떨어뜨릴 뿐이었다.

작가 노트

처음 BDSM에 대해 알게 된 것은 10년 남짓 전이었다. 그리고 처음 에세머의 존재를 안 순간부터 나는 에세머가 성소수자라고 생각했다. 자신의 성적 지향과 수행으로 말미암아 다른 사람의 조롱거리가 되고, 커뮤니티 밖에서는 감히 자신의 정체를 밝힐 엄두를 내지 못하는데, 특히 여성의 경우 정체를 밝히면 어떤 성적 위험이 닥칠지 모르는데 당연히 성소수자겠지. 게일 루빈의 《일탈》에서 〈다가가지 못하는〉 서두에 인용한 부분을 읽으면서 그런 확신은 더욱 굳어졌다. 게일 루빈처럼 전투적인 페미니스트도 1980년대에 에세머 페미니스트로 살았던 경험을 매카시즘 시대에 공산주의자로 살았던 것에 비유한다.

그래서 그 후 에세머가 성소수자인지 아닌지를 두고 SNS에서 논쟁이 일어났을 때 매우 당황했던 기억이 난다. 에세머가 결혼할 수 있고 남의 눈에 띄지 않게 사회생활을 할 수 있기 때문에 성소수자가 아니라는 주장, 더 나아가 BDSM은 여성 압제적인 포르노의 수행일 뿐이라는 주장은 내게 매우 큰 충격을 주었다.

그때 느꼈던 당혹감과 아이러니가 〈다가가지 못하는〉을 쓰는데 영향을 끼쳤다. 소수자 속의 소수자, 배제 속의 배제를 보는 것은 처음이었으니까. 바이섹슈얼도 있고 트랜스젠더나 다른 퀴어들도 있는데 왜 하필이면 에세머를 둘러싼 논쟁이 심금을 울렸는지는 나도 잘 모르겠다. 아마도 그것은 내가 어리고 젊었을 때 통과한 시대, 군사정권이 모든 국민을 마조히스트로 길들이려고 했던 시대 탓이지 않을까 생각해본다. 어릴 때 군사정권을 겪은 세대는 원했든 원하지 않았든 국가로부터 사도마조히즘의 세례를 받고 태어난 것이나 마찬가지다. 또, 아직도 에세머가 성소수자인가 하는 논쟁은 가라앉아 있을 뿐 해결되지 않았기 때문일 것이다.

누가 뭐라고 하든, 나는 (SSC를 지키는 BDSM을 포함해) 어떤 성적 지향과 수행도 다른 성적 지향과 수행보다 더/덜 환대받을 필요는 없다고 생각한다. 열린 마음과 합의에 바탕한 모든 사랑에 축복이 있기를.

송경아

소설집《성교가 두 인간의 관계에 미치는 영향에 대한 문학적 고찰 중 사례 연구 부분 인용》《책》《엘리베이터》《테러리스트》《백귀야행》, 장편소설《누나가 사랑했든 내가 사랑했든》등이 있다.

여름밤

1.

　지난 오월엔 지붕을 수리했다. 기와 여기저기 색이 빠지거나 깨진 곳이 많았다. 준경 씨가 아버지와 함께 와서 기와 사이에 낀 먼지와 이끼를 긁어내고 세척했다. 하루 이틀은 말려야 한다기에 알겠다고 했다. 준경 씨가 가고 난 뒤 은영 씨와 나는 가로등 아래 나란히 앉아 부드러운 바람이 불어오길 기다렸다. 바람결에 풀 향기가 실려 왔다. 나는 천천히 떨어지는 꽃잎들을 바라보았다. 집으로 돌아와 겉옷을 벗어 둘 때, 옷에서 떨어져 내리는 벚꽃잎을 주워 책 사이에 끼우거나, 끼웠던 꽃잎을 꺼내 코팅기로 코팅하면 은영 씨로부터 쓸데없는 걸 한다는 타박을 듣는 일이 있었다. 나는 나를 타박하는 은영 씨가 좋아서 아랑곳하지 않고 계속 쓸데없는 일들을 했다. 앞으로의 봄들도 은영 씨와 함께 보낼 수 있을까. 어두운 밤 산책길엔 어디선가 풍겨오는 은은한 라일락 향기를 맡고 주말이면 준경 씨네 밭에서 쑥을 캐서 쑥국 한 그릇과 오이지를 두고 소박한 밥 한 끼를 먹는 일. 은영 씨는 이른 열대야가 계속되던 어느 여름밤 조용히 사라졌다.

갔구나.

이 시간이면 부엌에서 볶은 보리를 넣고 보글보글 끓인 차를 마시던 은영 씨를 생각하며 커피를 내렸다. 전날 끓여둔 보리차가 아직 남아 있었다.

은영 씨, 옷 거꾸로 입은 것 같은데요.

제가 설마요.

잘 좀 보세요.

어머, 그러네.

파란색 반팔 티셔츠를 거꾸로 입고 차를 끓이던 모습이 생생하다. 조만간 좀 떠나 있어야 할 것 같다고 봄부터 말을 해왔기 때문에 놀라지는 않았다. 이유를 말하지 않아도 되느냐는 은영 씨에게 나는 된다, 안 된다, 한 마디도 할 수가 없었다.

되는지 안 되는지 모르겠어요.

미안해요.

미안할 것까지는 없지만…… 종일 얘기해도 끝이 나지 않았으므로 결국엔 나중에 다시 얘기하자고 결론이 났다. 올해가 가기 전엔 올 거예요. 빠르면 가을일지도 모르고…… 다시 돌아온다는 것에는 변함이 없어요. 은영 씨가 말했다. 그런 말을 들었기 때문에 가지 말라는 말은 못 하고 고개만 끄덕였다. 마지못한 그 모습이 보였겠지. 그래서 저 내일 가요, 말하지 않고 갔겠지. 나는 커피가 담긴 도자기 머그잔에 그려진 은영 씨를 보았다. 지난겨울 선배의 공방에서 같이 만든 잔이었다. 나는 얼음을 가득 넣은 커피를 마시면서 이곳에 없는 은영 씨를 생각했다. 그렇게 차가운 걸 빈속에 먹으면 좋지 않다고요. 우리 건강하게 오래 살아요. 다정한 타박을 듣고 싶다, 생각하면서.

[집에 있어요?]

[네.]

[하루랑 산책 중인데 같이할래요?]

[그래요.]

[20분 후에 집 앞으로 갈게요.]

[네. 혹시 커피 마실래요?]

[좋지요.]

준경 씨였다. 하루는 골든레트리버로 상은 씨가 키우는 개인데, 밤샘 작업을 한 날이면 준경 씨가 종종 산책을 해주곤 했다. 나는 새 커피를 내려 얼음이 담긴 텀블러에 담았다. 흰색 반팔티에 청록색 반바지를 입은 준경 씨가 대문 앞에 서 있었다. 하루가 내게 알은체를 했다.

하루가 웃네요.

그러네요.

잘 지냈어요?

네. 봄에 바빴지요?

너무 바빴다가 이제 좀 괜찮아요. 장마고 폭염이고 하니까.

고생했어요.

지붕 수리하느라 그래도 얼굴 한번 봤다, 그쵸?

네. 상은 씨는 밤을 새웠나 봐요.

좀 전에 잠드는 거 보고 나왔어요.

준경 씨와 나와 하루는 방학 중인 고등학교를 향해 걸었다. 가는 동안 두 사람을 마주했다. 사람이 별로 없을, 그런 시간이었고 운동장엔 아무도 없었다. 은영 씨는요? 하고 묻기에 드디어 떠났다고 했더니 준경 씨가 픕, 하고 웃었다.

아, 미안해요. 웃으면 안 되는데.

그렇지만 나도 웃었다.

농담이고요, 어딜 좀 갔어요.

샀다고, 처음으로 갔다고 입 밖으로 꺼내자 불안한 마음이 들었다. 이럴 줄 알았다고 생각할 때 하루가 그늘을 찾아가 앉았고 준경 씨가 하루에게 물을 주었다. 우리는 하루 곁에 앉아 바자우족을 찍은 다큐멘터리를 보았다. 자신들만의 국가가 없어 동남아의 여러 해상을 떠돌며 산다는 설명이 있었다.

정말 바다 한가운데가 집이에요.

물가도 아니고 진짜 한가운데네요.

육지보다 바다가 더 편하대요.

어릴 때부터 살았으니까.

폭풍우가 불면 잠깐 육지로 가고.

그때도 바다에 있으면 안 되지요.

안 되지요.

교역을 하며 살아가네요.

저걸로 저렇게 쉽게 잡다니.

어떤 사람이 하는 일이 쉬워 보이면 그 사람이 그 일을 잘하고 있는 거래요.

그렇게 말하고 준경 씨가 자리를 털고 일어났다.

근데 은영 씨는 어딜 간 거예요?

글쎄요. 동남아 어느 해상…….

착한 준경 씨가 엄지를 치켜들며 웃어주었고 나는 텀블러를 넘겨받으며 한여름 햇볕을 마주했다. 인상을 좀 썼더니 아프면 연락하라고 하기에 고개를 끄덕였다.

꼭 해요. 낫겠지, 하지 말고.

네. 좋은 하루 보내요!

새벽 5시면 이 운동장을 함께 뛰곤 했던 은영 씨를 생각하며 집으로 돌아가는 준경 씨와 하루의 부드러운 뒷모습을 하염없이 바라보았다. 하염없이 은영 씨를 떠올리며 그렇게 했다.

아프면 연락하라는 말이 무색하게 그날 밤부터 끙끙 앓았다. 나는 민희 씨에게 연락을 해 가게를 열지 못할 것 같다고 전했다. 다시 연락을 나누자는 짧은 통화를 끝으로 침대에서 이틀 동안 일어나지 못했다. 종종 있던 일이어서 서럽거나 하지는 않았다. 이틀 후에 휴대폰을 보니 닫으면 안 되고 점심 장사까지라도 혼자 해보겠다, 방학이어서 바쁘지 않아 가게에 문제가 없었다, 필요한 게 있으면 언제든 연락하라는 민희 씨의 메시지가 있었다. 나는 말끔해졌다는 메시지를 보냈다.

말끔하긴. 그래도 어제보단 조금 낫나 봐요? 은영 씨의 목소리가 들려오는 듯해서 겨울 이불을 걷어내고 자리에서 일어났다. 조금 낫다, 생각하면서 냉장고를 열었다. 냉장고에는 오이와 양상추, 베이컨과 당근, 달걀과 우유가 있었다. 나는 비엔나소시지와 파를 꺼냈다. 모두 은영 씨가 사다 둔 것이었다. 자그마한 냄비에 물을 붓고 소시지와 파, 네모난 치킨스톡을 하나 넣는 간단한 음식을 만든다. 우리가 아플 때마다 해 먹던 음식. 모든 것에 조금 느린 내게 어느 세월에 그 파를 다 썰 거냐고 진지하게 묻던 목소리가 떠오른다.

보채지 말아요. 파 좀 늦게 썬다고 세상이 무너지진 않잖아요.

안 보챌게요. 보채니까 더 느려졌네요.

느렸지만 은영 씨와 함께 있으면 할 말이 너무나도 많아 말이 빨라지곤 했다. 평소와 달리 넘치는 말을 주체하지 못하고 쏟아내던 어느 여름밤. 그 밤을 넘어 새벽 4시인가 5시에 나는 은영 씨에게 고백했다.

아니, 이 시간에…….

이 시간이 왜요.

라고 말은 했지만 속으로는 새벽은 좀 그런가. 내일 할까, 수십 번을 고민했었다.

냄비 가득 파를 썰어 넣어도 괜찮아요. 괜찮다는, 결국엔 맛있어질 거라는 은영 씨의 말을 믿고 파를 썰던 새벽. 여름에 불 앞에 서 있기란 어려운 일이죠. 생색을 내던 것치고는 간단한 음식. 가늠되지 않는 파의 양 같은 것은 아무 상관이 없었다. 그날 새벽 우리는 소시지와 파를 넣어 끓인 국과 함께 작은 위스키 한 병을 비웠다.

여기 컵 안에 뭐가 묻었어요.

아니, 이거 도자기라서 그래요.

진짜예요?

은영 씨, 취했다면서 이건 보이는구나.

네. 취했는데 이건 보여요.

안 취한 거 같은데요.

취했어요.

전에 없이 많이 취했다던 은영 씨가 깊은 컵 바닥에 찍힌 검은 점을 가리키며 새 잔으로 바꿔 달라고 하던 순간이었다. 그때 그 깜찍한 얼굴과 깜찍한 표정을 아직 기억하고 있다. 그동안 깜찍하다는 단어를 나는…… 써본 적이 없거나 써봤어도 아마 서너 번 이하였을 것이다. 외국어도 아닌데…… 그 정도였고 나는 내가 깜찍하다는 단어를 알고 있어 딱 맞는 순간에 꺼내 쓸 수 있다는 사실이 기뻤다. 그때 은영 씨의 얼굴은 깜찍하다는 표현에 너무나도 딱 들어맞았고 별게 다……라고 사람들이 말한대도 상관없었다. 난 내가 알던 대로 무감각한 인간이 아니었구나. 이 사람이 너무 사랑스러워. 처음으로 그런 생각이 들었고 너무 기뻤고 그 후로는 왜인지 무엇도 부러운 것이 없었다. 사람들은 자주 이런 기분으로 세상을 살았나. 낯선 우주에 떨어진 기분이었다. 그 전까지 나는 스스로 우주라는 단어도 써본 적이 없었다. 두 팔을 양옆으로 벌리면 생기는 공간. 그 정도만 내 세상이라고 생각하던 날들. 그 컵이 아니었다면 우린 어떻게 되었을까, 모르겠다. 모르겠고 백번을 생각해도 다행일 뿐이다.

혼자서 창밖을 바라보며 소시지와 파를 썰었다. 칼질 실력이는 후에는 또 너무 빨리 썰지 말라며 손 조심을 하라는 얘길 들었다. 은영 씨, 어쩌라는 거예요. 말하면 은영 씨는 제가 왜 이러는 걸까요, 하면서 멋쩍은 표정을 했다. 역시 깜찍하다……라는 생각을 했고 귀엽고 깜찍한 것엔 도무지 당해낼 재간이 없었다. 파가 흐물흐물해질 때까지 끓인 국은 따뜻하고 고소하고 달콤했다. 수저를 내려놓았을 때 앞집에서 노래가 시작되었다. 이 집과 마주 보는 초록 지붕 집으로 내 또래로 보이는 부부와 자매, 이렇게 네 식구가 산다. 자매는 모두 중학생인데 지난봄 구입한 노래방 부스를 2층에 설치한 뒤부터 거의 매일 노래를 불렀다. 투명한 부스 안에는 미러볼까지 설치되어 있어 자매들은 아침이고 저녁이고 신나게 노래를 불렀다. 어느 정도는 방음이 되었지만 최신 댄스곡이 공간을 뚫고 들려오는 것까지 막을 수는 없었다. 몰랐던 곡 중에서 듣기 좋은 노래도 있어서 몇몇 노래를 따로 찾아 들은 적도 있고 들려오는 노래들을 따라(거의 제멋대로지만) 흥얼거린 적도 있었다. 언니의 이번 곡은 내가 중학생이던 시절에 유행하던 미디엄 템포의 댄스곡이었다. 이 노래를 어떻게 알았을까. 언니가 노래를 하는 동안 동생은 리코더를 불었다. 청록파 시인의 시에 곡을 붙인 가곡이었다. 초록 지붕 집 자매들은 서로를 사랑할 것 같다. 저 좁은 곳에서 따로 또 같이 잘도 시간을 보내니까. 나는 은영 씨와 둘이 원룸에서 살던 시절을 떠올렸다. 방에 빨래를 말리는 날에는 텔레비전을 못 봤다. 가려질 수밖에, 없었고 아주 작은 테이블 두 개를 반대로 두고 각자 일을 했고 식사 시간이면 노트북을 바닥에 내리고 테이블을 붙여 같은 음식을 먹었다. 오랜만에 들으니 좋다, 하면서 설거지를 하고 물을 두 잔 마셨다. 짜게 먹으면 건강에 좋지 않고요. 우리 건강하게 오래 살아요. 오래 기다려왔으므로 앞으로는 건강하게 오래 살자고, 은영 씨가 있었다면 그렇게 말했을 거라고 생각하면서. 나는 앓는 와중에도 수십 번씩 휴대폰을 들여다보았지만 기다리는 연락은 없었다.

2.

　그해 여름, 몇 년 연락이 끊겼던 은영 씨가 나를 찾아왔다. 어머니를 보내고 1년 반쯤 되었을 때였다. 작은 트렁크를 하나 들고 있었고 온몸은 비에 흠뻑 젖은 채였다. 아직 녹지 않은 하얀 눈이 어깨에 쌓여 있었다면 좀 나았을까, 모르겠다. 아직 환한 오후였는데도 어두웠다는 기억이다. 다른 사람들은 다 따뜻해 보이는데 은영 씨가 서 있던 하늘 위에만 비구름이 떠 있던 듯, 비가 온다는 말에 속아 미리 온몸을 적시기라도 한 듯 보였다. 비가 오면 그때 맞지 대체 왜 미리 그러나요. 왜 그러는지…… 왜 하필 혼자만 조각 비구름 아래 서 있었는지 알 것 같았고 내가 할 수 있는 거라곤 은영 씨에게 잘 마른 수건을 주는 것뿐이었다. 젖은 머리칼을 꾹꾹 누르며 휴 이제 좀 살 것 같다. 보송보송하네요. 은영 씨가 보송보송이라는 단어는 처음 내뱉어본다며 웃었고 같이 따뜻한 차를 마셨다. 그쪽에서도 내 쪽에서도 어떻게 지냈는지 묻지 않았고 은영 씨는 지난달에 어머니가 돌아가셨다는 얘길 전했다. 머무는 동안엔 간단한 밥을 지어 나눠 먹은 것이 다였다. 은영 씨는 나의 집에서 일주일쯤 머물다 저 갈게요, 하고 돌아갔다. 그쪽에서도 어디로 간다는 말도 없었고 내 쪽에서도 묻지 않았다. 은영 씨가 가고 나는 전과 다름없는 하루하루를 보냈다. 그러려고, 노력했다. 노력했지만 잘되지 않았다. 잘 안되는구나. 잘 안된다. 잘 안되는…… 정도가 아니라 전혀 되질 않았고 그러다가 알게 되었다. 내가 은영 씨를 무척 보고 싶어 했다는 것을, 살면서 누군가를 그만큼 그리워한 적은 없다는 것을. 은영 씨가 내게 어떤 의미인지를.

3.

토란대 커진 것 좀 보세요. 가을이 오려나 봐요.

준경 씨네 밭에서 상은 씨와 같이 깻잎을 수확하며 한나절을 보냈다. 가을이 오기 전엔 은영 씨가 돌아올 거라고 믿었던 마음과 오길 바랐던 마음은 얼마나 다른 이야기인가 하면서 수북하게 쌓인 깻잎을 바라보았다. 왜인지 아끼는 마음이 든다, 라는 생각으로 집에 돌아와서는 밤늦게까지 한 장 한 장 깻잎을 씻은 뒤에 잘 끓인 간장을 부었다. 은영 씨가 좋아하는 반찬이었고 깻잎이 너무 많았다.

[귀뚜라미가 오래 우네요.]
아침에 일어나니 은영 씨로부터 이런 메시지가 와 있었다.

[벌써요?]

답장을 보낸 후에는 다시 오지 않았고 나는 은영 씨의 방으로 갔다.

은영 씨의 방으로 향하는 계단을 오를 때마다 나던 삐그덕삐그덕 소리가 더 커진 것 같았다. 이 집은 지은 지 43년 된 집으로 나와는 평생 왕래가 없었던 할머니가 돌아가시기 전까지 살던 곳이다. 나는 이 집 1층의 방 한 칸을 쓰고 있고 방에선 마당이 내다보인다. 마당 안 작은 텃밭을 일구는 데 필요한 삽과 호미 같은 것들이 담장 아래 세워져 있는데 마지막으로 쓰인 것이 언제인지는 모르겠다. 골목길에 나란한 다른 집들은 봄이면 모두 담장 아래 무언가를 심느라 분주했으나 이 집만은 몇 년 동안 고요했다. 내년엔 같이 무엇을 심어볼까, 호미들 모두 우리보다 나이가 많은데 아직 튼튼하다며 은영 씨와 이야길 나누곤 했었다. 호미뿐 아니라 이 집의 거의 모든 물건은 4, 50년씩 되었다. 그릇이며 가구가 그랬고 세탁기와 에어컨만 교체되었다. 내가 가진 물건 중에 가장 오래된 것은 39년 된 귀이개로 내 어머니가 쓰던 것이었다. 나는 일주일에 한 번씩 귀이개를 사용할 때마다 어머니 생각을 하곤 한다.

사람이 없어도 먼지는 쌓이는 법이니까, 하면서 청소를 한번

한 뒤로 얼마간 열어보지 않았던 은영 씨의 방에서 필요한 책을 한 권 찾았다. 둘러보면 아무것도 없고 은영 씨가 없다는 사실만 있는, 그런 방이었다. 이 집에 처음 오던 날 내가 사 온 꽃은 이제 곰팡이가 슨 채로 말라 있었다. 나는 마른 꽃을 가지고 은영 씨의 방을 나왔다. 그새 은영 씨가 장을 봐둔 냉장고는 텅 비었고 토요일이 와 있었다.

매주 토요일 저녁마다 이뤄지는 밥 모임엔 부지런한 상은 씨를 따라 참석하기 시작했다. 사람들은 내게 어쩜 이렇게 한 번도 빠지질 않는다고 엄지를 치켜든 다음 매번 은영 씨가 돌아왔느냐고 물었고 나는 아직이라는 대답을 반복했다. 그러시구나, 사람들이 말하면서 내게 어쩜 이렇게 늘 밝고 성실하다고, 원래 그랬느냐고 물어왔다. 아뇨, 전혀요. 그렇게 대답했고 이번 주 메뉴는 오이와 미역을 넣은 된장 냉국이었다. 사람들이 미역을 물에 불리고 오이를 써는 동안 나는 물에 된장을 풀었다. 된장 냉국은 처음이라며 들뜬 사람들 사이로 은영 씨가 생각났다. 여름밤이면 은영 씨가 자주 만들던 음식이었다. 오이가 써요, 말하면 안 쓰다고 우기던 사람. 분명히 쓴데, 안 쓰다고 웃음을 참던 얼굴이 떠오른다. 내가 쓴 오이를 먹고 된통 앓은 뒤엔 다신 그러지 않았다. 지금 같이 있었다면 나는 그 순간을 다시 생각

124

하지 않았을지 모른다. 그래서…… 그러니까 나는 그리워하는 이 순간조차 왜 좋지, 함께 있지 않은데 대체 왜, 하면서 된장을 풀었다. 은영 씨는 같이 있는 것만으로도, 바라보는 것만으로도 좋은 사람이었고 보지 못할 때조차 여전히 좋은 사람이 되어버렸다. 은영 씨는 내게 그린 사람. 너무한 건가, 좀 과한가 생각하면서 고춧가루를 넣고 다진 마늘과 식초를 넣었다. 준경 씨가 알맞게 썬 미역을 냉국이 담긴 볼에 넣었고 상은 씨는 채 썬 오이를 맛보고는 많이 쓰다고 말했다. 사람들이 상은 씨를 따라 오이를 먹었다. 큰일이네, 진짜 쓰네. 사람들이 말하기에 나는 이렇게 쓴 건 먹으면 안 된다고, 오늘 같은 여름밤에 크게 앓게 될지 모른다고 주의를 주었다. 우리는 미역만 넣은 된장 냉국에 홍고추와 깨를 띄워 흰쌀밥과 함께 먹었다. 자동 재생되는 음악 플레이어에서 캐럴이 나와 다들 한여름의 크리스마스라며 한마디씩을 했다. 밥을 다 먹고 옥수수를 찌고 있을 때 상은 씨가 제주에 가지 않겠느냐는 얘길 꺼냈다. 준경 씨는 시간이 안 되고 당구장을 운영하는 석구 씨하고 셋이서 가자는 것이었다.

제주에는 한 번도 안 가봤어요.

내가 말했고

그러시구나. 생각해보고 얘기해주세요.

상은 씨가 말했다. 찜기 안에선 동그란 김이 폭폭 나오고 있었고 달콤하고 고소한 옥수수 냄새가 작은 부엌에 퍼져나갔다. 노란 조명 아래 일곱 사람. 준경 씨가 실수로 방귀를 뀌는 바람에 모두가 웃었다. 준호 씨와 지영 씨가 갑자기 웃기는 바람에 그런 것이었다. 다 웃은 것 같으면 갑자기 또 웃고 이제 좀 잦아들었나 싶으면 또 한번 웃음이 터졌다. 그렇게 두세 번 반복한 뒤에는 이 정도 사이에서 방귀를 뀌어도 되는 건지, 그래도 그건 좀 그런지로 이야기가 흘러갔다. 사람들의 진지한 말투와 맥주를 따르고 잔을 내려놓는 소리가 좋아서 벽에 기대선 채로 그 모습을 오래 바라보았다. 기다리다 보면 길이 보이긴 할 거라고 석구 씨가 사람들에게 말하는 소리에 문득 정신을 차렸다. 어느 세월에, 누군가의 목소리가 들려왔다. 나는 아까부터 미지근해져 있던 맥주를 마저 마셨고 잘 삶아진 옥수수를 하나 먹었다. 다 함께 설거지를 하고 상은 씨의 집을 나왔을 땐 깜깜한 밤이었다.

여름밤이 기네요.

사람들을 마중하던 상은 씨가 말했다.

그날로부터 열흘 후에 나는 김포공항에서 국내선 지문을 등록하고 검색대를 통과했다. 아무렇지도 않았던 마음이 검색대를 통과하자 조금 설레기 시작했다. 혹시 창밖을 보시겠어요?

상은 씨는 나를 창가 자리로 안내했다. 은영 씨가 쓰던 작은 트렁크를 선반에 넣고 창가 자리에 앉았다.

오 이런. 하필 날개 옆이네요.

석구 씨가 말했고 나는 날개 옆에 왜 '하필'이라는 말이 붙어야 하는 건지 몰랐으므로 상관이 없었다. 비행기가 이륙하고 얼마간 날고 있을 때 괜찮았느냐고 상은 씨가 물었다. 몇 년 전 비행기를 처음 탔을 땐 진짜 무섭고 두려웠는데 이젠 아무렇지도 않다고 대답했다. 첫 비행으론 어딜 갔어요? 묻기에 베트남이요, 대답했고 그 뒤로는 날개만 바라보았다. 내 앞뒤에 앉은 사람들은 몇 번씩 카메라를 꺼내 창밖 풍경을 찍었다. 하늘에서 내려다보면 빨간 지붕만 눈에 띄더라고요. 지금 당신 집은 파란 지붕이지만…… 그래도 찾아갈게요. 잘 찾을 수 있어요. 언젠가 은영 씨가 했던 말을 떠올리며 그렇구나, 하면서 뒤쪽으로 고개를 돌려 지붕들을 바라보다가 목이 좀 아플 것 같으면 날개만 바라보았다.

날개만 봐서 어떡해요.

계속 보니까 날개도 예뻐요.

진짜예요?

진짜예요.

잘 살펴보면 어디에나 아름다움이 있다는 말을 들은 적이 있거든요.

좋은 말이네요.

제주에서는 사흘을 보냈다. 말은 타지 않았고 바다를 많이 보고 그 근처를 많이 걸었다. 수평선으로부터 내게 가까운 쪽까지, 늦여름 햇살 아래 반짝이는 윤슬을 볼 때마다 은영 씨를 떠올렸다. 나는 은영 씨가 슬프거나 괴롭지 않길 바라고 있고 은영 씨도 그럴 것이라고 생각한다.

4.

토란대를 손질하는 일손이 모자란다기에 준경 씨네 작업장으로 사람들이 모였다. 제주에 다녀오고 이렇게 다 모인 것은 오랜만이었다. 상은 씨와 함께 하루도 와 있었고 기분이 좋아 보였다. 먼저 온 사람들이 통통하다, 아름답다 이야기를 해가면서 토란 밑동을 잘라냈다. 활기찬 민희 씨까지 와주어서 일이라는 기분이 들지 않았고 물론 공짜 노동도 아니었다. 준경 씨가 하나둘 도착하는 사람들에게 돈부터 주어서 먼저 받은 사람들이 웃었다.

어디서 이렇게 좋은 향기가 나죠?

포도예요. 옆에 보시면 포도가 있어요.

민희 씨가 와, 포도 향이 이렇게 좋은 거였군요, 하면서 장갑을 받아 꼈다. 모인 사람들의 반이 적당한 크기로 줄기를 자르면 나머지 반이 껍질을 벗겼고 껍질을 벗긴 줄기를 다시 먹기 좋은 크기로 자르면 되었다. 이걸 어느 세월에 다 하나. 석구 씨가 말했고 어느 세월에 파를 다 써느냐는 다정한 타박을 하던 은영 씨를 그리워할 때 준경 씨가 무슨 생각을 그렇게 하느냐며 다치면 안 되니 손을 조심하라고 말했다.

곧 추석을 앞두고 있었으나 여름휴가 얘기가 화두에 올랐다. 모인 사람들 중 절반은 여름휴가를 다녀오지 않았다면서 내게 제주에서 뭐가 제일 좋았느냐고 물어왔다. 나는 비행기의 날개가 갖고 있는 아름다움과 바다의 잔물결들 그리고 한림에서 표선으로 가던 길에 본 무지개에 대해 이야기했다. 정확한 지명은 모르겠으나 그 길 어디쯤이었고,

비가 내리지 않았는데도 무지개가 떠 있더라고요.

그래요?

네. 엄청 튼튼한 무지개가.

나는 휴대폰을 꺼내 사람들에게 사진을 보여주었다. 진짜네, 하는 말에 이제 믿으시는구나, 하고는 장갑을 다시 끼고 껍질을 벗긴 토란 줄기를 잘랐다. 상은 씨와 석구 씨도 운전을 하다 깜

짝 놀랐다고 말을 보태주었다. 의외로 무지개 볼 일이 거의 없어요. 맞아요. 하고 나서는 민희 씨의 방 안 휴가법에 대한 자세한 이야기를 들었다. 비행기나 카누로만 갈 수 있는 아마존 영상을 틀어놓고 족욕을 한다는 것이었다. 실제로 발을 물에 담그고 있으니까 뭔가에 물릴 것 같은 착각도 들지요. 민희 씨가 말했다.

그로부터 한 달쯤 지난 오후에 석구 씨가 가게에 들러서는 낮에 주웠다면서 밤 한 소쿠리를 민희 씨 앞에 두고 갔다. 민희 씨는 고개를 갸우뚱하다가 상은 씨의 부탁으로 하루를 산책시키러 나갔다. 한 시간 후에 돌아와서는 마로니에, 라고 하면서 밤처럼 생긴 열매 하나를 내려놓았다. 손안에 쥐자마자 너무 딱딱해서 밤이 아니란 걸 알았다.

독이 있다니까 먹으면 안 될 거예요.

너도밤나무라는 이름이 너무 좋네요.

야 너도, 그런 뜻일까요.

너그러운 사람.

이라고 생각하면서 마감을 했다. 밤을 나눠 받았으나 허전한 마음으로 집으로 돌아오는 길에 이렇게 갑자기 가을인가, 하다가 그렇다면 겨울도 곧, 이라는 생각이 들었다. 집 앞에 당도했을 땐 끄고 나온 집의 조명들은 여전히 꺼진 채였다. 누구도 켜지 않았으므로 당연한 일이었고 그러자 내가 누군가 켜주길 바라고 있다는 걸 알게 되었다. 오래전 은영 씨를 기다리게 했던 만큼 나도 기다릴 자신이 있었는데 정작 은영 씨의 마음은 나의 자신 있는 마음과는 상관없을 수 있구나. 마지막을 미리 알 수 있는 법은 없지. 마지막인 줄 몰랐던 그 여름밤이 왠지 마지막이었을 것 같다는 생각을 처음으로 했다.

5.

해가 바뀔 때까지 은영 씨는 돌아오지 않았다. 한 번, 메시지를 보내보았으나 답이 오지 않았다. 나는 여전히 매주 밥 모임에 나갔고 2주에 한 번씩은 은영 씨의 방을 청소했다. 안 그래도 깨끗한데 자꾸만 청소를 해서인지 내 방보다 더 윤이 나기에 이렇게까지 잘해주고 싶진 않다, 한 달은 좀 심했고 3주마다 청소를 하자, 생각했다. 몇 년째 돌보지 않았던 다락이며 지하실까지 청소를 하는 날에는 준경 씨와 민희 씨가 도와주었다. 일을 마치고는 비엔나소시지와 파를 넣은 따끈한 국물에 위스키를 마셨다. 어김없이 돌아온 봄에는 예정했던 대로 마당의 작은 텃밭을 처음으로 일구었는데 그때는 준경 씨와 상은 씨의 도움을 받았다. 할머니가 썼을 오래된 농기구들을 잡는 순간에, 애써야겠다, 하는 마음이 저절로 들었는데, 애쓰지 말고 그냥 뒀다가 너무 됐나 싶을 때 살펴보면 돼요. 어떤 느낌인지 알겠죠. 준경 씨가 말했고 나는 아뇨, 고개를 갸우뚱했다. 곧 알게 될 거라는 준경 씨의 말에 조금 마음을 놓고 다양하게 사 온 모종을 간격을 두고 심었다.

카이스트에 실패연구소가 생길 거래요.

드디어 실패를 연구하는군요.

얼음을 넣은 매실차를 한 잔씩 마시고 일어나면서 밭에 너무 애쓰지 않아야 성공하게 될 거라고 준경 씨가 다시 강조했다. 나는 이번엔 알겠다는 뜻으로 고개를 끄덕였다.

얼마 전부터 1층 부엌 창가에 찾아오기 시작한 새끼 고양이에게 밥을 챙겨주기 시작한 것 말고는 변함없는 일상을 보내고 있다. 새끼 고양이가 며칠 보이지 않아 주변을 둘러보면 맞은편 초록 지붕 집 옥상에 있는 모습을 볼 수 있었다. 봄이 한창이었으므로 주말이면 준경 씨네 밭에 가서 일을 돕고 상추며 쑥을 뜯어 왔다. 그리고 종종 하루와 산책을 할 때는 은영 씨와 함께 손을 잡고 걸었던 동네 구석구석을 잘 살펴보곤 했다. 하루는 총총총 산책을 즐길 뿐이었고 은영 씨를 기다리는 일은 아무것도 하지 않으면 되는 일이어서 잘할 수 있었다.

봄이 끝나갈 무렵에 석구 씨네 집에서 잔치가 있었다. 석구 씨 어머니의 백 세 맞이 잔치였다. 나는 아침마다 세수를 하고…… 석구와 먹을, 아침을, 준비하고…… 마당에 작은 텃밭을 돌봅니다. 설거지는…… 석구가 하고요. 내 하루는 80년 넘게 변함이…… 없어요. 지금까진 그랬어요. 이렇게 모이는 건, 내 생각은 아니었지만, 와주셔서, 모두 고맙고…… 여러분도, 건강하세요. 어머니가 말했다. 언니, 우리도 건강해요. 민희 씨가 눈에 눈물을 그렁그렁 달고 말했다.

민희 씨와 집 앞 나들가게에 들러 맥주 여덟 캔과 쥐포 튀김을 샀다. 봄밤에는 꼭 이렇게 아련한 마음이 든다며 자고 가도 되느냐고 물어왔다. 그러라고 하고는 풀벌레 소리가 들려오는 짧은 골목길을 걸었다. 아무래도 술을 좀 더 살까요, 하기에 다시 돌아가서 여덟 캔을 더 샀다. 무겁지만 견딜 만해서 이런저런 얘길 하며 걸었다. 최근 다녀온 이태원 엔틱 거리 이야기를 들었다. 방독면이 30만 원. 대박이죠? 민희 씨의 말에 와, 비싸다 하면서도 한번 가보고 싶다는 생각을 했다.

왔구나.

대문을 열고 불이 켜져 있는 집 안으로 들어갔다. 현관엔 은영 씨가 신고 나갔던 흰 운동화가 조금 낡고 까매진 채로 놓여 있었다. 돌아오려고 떠난 사람처럼 똑같은 얼굴의 은영 씨가 파란 티셔츠를 거꾸로 입고 마루에 앉아 머윗대를 손질하고 있었다.

제가 진짜 꽃을 사 오려고 했거든요?

은영 씨가 말했고

진짜예요.

덧붙였으나 아무것도 필요 없었다.

참외도 사 왔네요? 가슴이 뛰는 것을 참으며 내가 말했고 얼마나 기다렸는지 모른다고 민희 씨가 말했다. 우리는 맥주를 두고 마주 앉아서 머윗대를 벗겼다. 민희 씨가 석구 씨 어머니의 잔치 이야기를 자세하게 들려주었다. 이렇게 술을 마구 마시며 할 이야기는 아닌데 무엇보다 건강하자는 이야기였지요. 우리는 까매진 손으로 이따금 쥐포 튀김을 집어 먹었다.

별로 안 보고 싶었나 봐?

갑작스러운 은영 씨의 반말에 당황했을 때

참외 사 왔네요, 이런 말 말고 더 반길 수는 없나.

은영 씨가 덧붙였다.

없어. 그리고 왜 반말이야.

동갑이잖아.

진작 놓든가, 10년 만에 이러는 건 무슨 경우야. 어색하잖아.

견뎌. 이 정도 어색함은.

셋이서 맥주 열여섯 캔을 다 비우고 요리용으로 두었던 와인까지 다 마신 뒤에야 그만 마셔야겠다는 생각이 들었다.

앞집 초록 지붕 집 자매들은 좋겠다.

갑자기 왜요.

집에 노래방 기계가 있잖아요.

아쉬운 표정의 민희 씨가 먼저 방으로 들어가고 은영과 나는 찌그러진 맥주 캔을 모으고 바닥에 떨어진 과자 가루들을 치웠다. 그리고 삐거덕거리는 계단을 지나 2층으로 올라갔다.

밭에 힘들게 뭘 그렇게 많이 심었어?

은영이 물었고

안 힘들어. 심어두고 그냥 조금 잊고 있으면 돼.

내가 대답했다. 우리는 빨아두었던 여름 이불을 꺼내 덮었다. 이불에서는 풀 냄새가 났다. 이제 눈을 감고 이야기를 나누다가 잠들면 되는 것 같았고, 나는 가슴이 뛰었다.

4시가 넘었어.

응. 근데 이불 냄새 너무 좋다.

섬유유연제가 좋은 거거든.

그렇구나.

응.

늦어서 미안해.

은영이 말했고, 나는 하고 싶은 말이 너무나도 많았지만 말없이 은영을 끌어안았다.

근데 이거 알아? 나 너한테 빨리 오려고 그곳에서도 5시면 일어나서 근처 학교 운동장을 뛰었어. 빨리 뛰는 연습을 해서 너한테 빨리 오려고.

지금 알게 되었어.

그치. 내가 지금 말했지.

근데 진짜 빨리 왔네.

응. 비행기를 타고 왔거든.

작가 노트

가까이 있지 않으면
옅어지지 않을까, 싶었는데
여전한 마음이다.

마음이란 건 구름처럼 계속해서 변하고 있는 거라고 생각하
거나
사랑이란 건 의외로 보기 힘든 무지개 같은 거라고 생각하니까
변함없이
한결같이
사랑한다고 느껴지면 있을 수 없는 일이 일어났다,
그런 생각까지 든다.

나 자신에 대해서라면 하루에도 수십 번 마음이 변하곤 하는데
이 사람을 사랑하는 마음은 왜인지 도통 변하질 않는다.

사실,
예전에는 5분도 기다리지 못했었는데
너무 많이 사랑하니까 1년도 거뜬하구나.

건강하게 살아서
오래오래 사랑해야지.

이주란

소설집 《모두 다른 아버지》《한 사람을 위한 마음》, 장편소설 《수면 아래》《어느 날의 나》가 있다.

수리와 안개

수리는 내가 오래전에 만난 남자의 딸로, 여름방학을 맞아 우리 집에 놀러 왔다가 도시가 봉쇄되는 바람에 강제로 이곳에 머물게 되었다. 충청남도 공주시의 작고 단정한 마을에서 태어난 수리는 대학에 입학해 기숙사에 들어갈 때까지 그곳에서 엄마와 함께 살았다. 수리의 엄마, 그러니까 내 옛 남자 친구의 첫 번째 부인은 스물아홉에 수리를 낳았다. 그들의 결혼 생활은 만 3년 만에 내리막길을 걷게 되었는데, 이혼을 하는 데만 2년이 걸렸다. 이혼을 원치 않았던 그가 한동안 잠적해버렸기 때문이다. 그러다 나중엔 양육권을 두고 싸웠다. 나도 그것에 대해서는 들은 이야기가 있었다. 아이 엄마가 억지로 수리를 데려가려는 걸 막느라 몸을 살짝 밀었는데, 그 과정에서 팔뚝에 옅게

멍이 들었다고. 그걸로 진단서를 받아 재판에 유리하게 이용하는 바람에 수리를 잃게 되었다고 했다. 그때는 그를 만난 지 얼마 지나지 않았을 때라 고개를 끄덕이고 말았지만, 이후 몇 차례인가 그가 화내는 것을 보게 되면서 그의 증언이 사실인지 의심스러워졌던 기억이 있었다. 수리도 너무 어릴 때라 전혀 기억하지 못했기에 그 일의 진위 여부를 가릴 수는 없었지만, 기나긴 이혼 소송을 거치며 결혼이란 것에 질릴 대로 질려버린 수리의 엄마는 그 뒤로 수리를 키우며 독신으로 살았다.

결혼하고 처음 맞는 엄마 생일이었는데, 작은 허브 화분 백 개를 차에 싣고 왔더래. 정원에 심어두고 매일 저것들로 요리를 해주겠다면서.

나는 그 이야기 역시 이미 들어서 알고 있었다. 마냥 기뻐할 줄 알았는데, 이 많은 걸 언제 다 심냐고 심통을 부려 서운했다는 이야기.

그래서 믿었나 봐. 너무 다정해서.

나는 그 허브가 무엇인지도 기억하고 있었다. 세이지, 민트, 바질, 로즈메리. 그 시절은 그의 인생이 안팎으로 호황기를 달리고 있을 때였다. 자신의 인생이 돌이킬 수 없는 한 지점을 통과했다고 믿는 사람들이 으레 그렇듯 그는 자주 그 시절을 추억했다. 그에게는 좋았던 한때에 불과했겠지만 상념에 젖은 그의 얼굴을 볼 때마다 나는 그들의 추억에 대한 질투와 열등감으로 가슴이 무너지는 것 같았다. 아마 그를 좋아했으니까 그랬을 것이다. 그러나 나는 지금 그가 어디에서 무얼 하는지 전혀 알지 못한다. 별로 궁금하지도 않다. 아마 수리의 고향과 수리의 엄마가 그렇듯 안개 속으로 사라져버렸을 것이다. 마지막으로 연락이 닿았던 때까지도 그는 강 너머에 살고 있었으니까. 그런 반면 수리가 내 곁에 있기 때문인지 오래전 한 번 만났을 뿐인 (사진으로는 그보다 많이 보았던) 수리의 엄마가 종종 떠오를 때가 있다. 수리가 자랄수록 엄마를 닮아갔기 때문인지도 모른다. 마르고 키가 큰 단발머리의 여자. 나를 내려다보면서 예의 바르게 미소 짓던 얼굴 뒤에 희미하게 비추던 복잡한 표정들. 지금 복기해보면 아마도 이런 의미가 아니었을까. 어린 게 어쩌다가. 고생 좀 하겠군.

수리는 지금, 거실 소파에 앉아 전면 창을 통해 바깥 풍경을 보고 있다. 아마 안개에 휩싸인 강 너머에 시선을 두고 있을 것이다. 잃어버린 것들을 찾기 위해, 수리는 철새를 관찰하는 조류학자처럼 미동 없이 먼 곳을 본다.

아파트는 34층 높이라 멀리 떨어진 곳까지 잘 보인다. 강 이남 지역이 안개에 점령당하기 전에는 서울에서 가장 높은 타워도 볼 수 있었는데, 해가 바뀔 때마다 타워 외관에 조명으로 '송구영신'이나 'Happy New Year' 따위를 화려하게 수놓곤 했다. 재작년에 수리가 그걸 휴대폰 동영상으로 찍어서 친구에게 보내겠다며 집 안의 불을 죄다 끄고 창가에 붙어 앉아 있었던 기억이 난다. 두 손으로 휴대폰을 든 채 어둠 속에서 웅크리고 있던 수리는 지금보다 체구가 약간 더 작아서 크기가 꼭 골든레트리버만 했다. 대학 입학을 앞두고 있던 때라 자유에 대한 기대감을 숨기지 못하면서도 다른 지역의 대학에 입학한 친구와 멀어질까 봐 벌써부터 전전긍긍하고 있었다. 그 애와 절대로 헤어지지 않을 거라고, 기숙사에 들어간 후엔 주말마다 만나기로 약속했다고, 방학 땐 둘이서 다낭 여행을 갈 계획이라고 힘을 주어 말하면서 휴대폰 바탕화면에 저장해둔 사진을 내게 자랑하듯 보여줬었다. 사진 속에서, 수리는 콘 아이스크림을 들고 활짝 웃고 있는 커트 머리 여자아이의 볼에 입을 맞추고 있었다. 맞닿은 볼과 입술이 너무 부드러워 보여 기분이 이상해진 내가 '애인이야?' 하고 묻자 수리는 멋쩍게 웃으며 답했다. 아니, 그보다 소중한 것. 그때 내가 뭐라고 했더라. '부럽다'고 했던가, '좋겠다'고 했던가. 아무튼 수리는 그게 그거인 심상한 반응이라고 생각했겠지만, 지금까지도 그 사진을 생생히 떠올릴 수 있을 만큼 나는 수리가 부러웠다. 수리의 눈앞에 펼쳐진 완전히 새로운 미래도, 가능성으로 가득 찬 연애도. 그러나 그와는 조금 다른 의미로 누구도 경험한 적 없는 미래가 모두에게 공평하게 펼쳐지게 된 지금에 와서는 모든 게 부질없어져버렸다.

1년 만에 나타난 수리는 체구도 커지고 더 건강해 보였다. 체급을 올려서라고 했는데, 태권도에 대해 아는 것이 없어서인지 내 눈엔 그저 기특하게만 보였다. 반가운 마음에 팔이며 어깨를 만지작거리자 수리는 '허리 아파서 매일 물리치료 받아, 속 빈 강정이야' 하고 엄살을 떨어댔다. 2학년이 된 수리는 대학 생활에 충분히 익숙해진 듯 보였다. 3학년이 되면 세상 다 산 듯 굴겠지. 대학 강의실을 찾지 못해 허둥대는 신입생들, 강의 첫날 옆자리에 앉은 사람과 전화번호를 교환할 때만 해도 어색하게 존댓말을 쓰더니 그다음 주에는 언제 그랬냐는 듯 이 새끼 저 새끼 하며 목을 조르고 점심 메뉴로 각론을 벌이는 아이들을 나는 오래 보아왔다. 아이들이 자연의 순환처럼 4년이라는 주기에 따라 변화하고 졸업을 하고 신입생들로 다시 채워지는 동안, 나는 같은 자리에서 개별적이고도 느리게 흘러가는 시간을 체험하고 있었다. 나쁘지 않은 생활이었는데, 봉쇄 이후로 학교는 잠정 휴교에 들어갔고 나는 직장을 잃게 되었다. 그리고 모든 것이 의미 없어진 뒤로 나에게는 기이한 평온과 안도의 시간이 찾아왔다.

안개가 문제가 되기 시작한 것은 작년 이맘때, 겨울이 시작될 무렵부터였다. 남쪽 지역의 해무가 사라지지 않아 조업이 차질을 빚고 있다는 이야기, 무리하게 띄운 어선이 실종되었다는 뉴스가 그 시작이었을 것이다. 그 시기 나는 엄마의 건강 문제로 골치를 앓고 있었다. 엄마가 어느 날부터 머리가 아프다고 하거나 어깨가 아파 잠을 이룰 수 없다고 하고, 어떤 때는 감기 기운 때문에 입맛이 없다고 앓는 소리를 하기 시작했던 것이다. 엄마는 원체 건강한 편은 못 되었고 평소 크고 작은 질병들 때문에, 이를테면 급체나 맹장 수술 따위로 병원 신세를 진 적도 여러 번이었기에 처음에는 대수롭지 않게 생각했다. 칠순이 넘은 육체가 말썽을 부리는 것은 당연한 것 아닌가. 그래서 한동안은 진통제를 권하거나 병원에는 가보았냐고 신경을 쓰고 하소연을 들어주는 것으로 시간을 벌었다. 그러다가 엄마의 생일에 미리 예약해둔 한식당에 데려가기 위해 집에 들렀을 때, 나는 엄마가 단순히 몸이 아픈 것이 아닐지도 모른다고 생각하게 되었다. 엄마는 거실 바닥에 아무렇게나 널어둔 옷가지들 사이에, 소파 아래 맨바닥에 모로 누워 있었다. 거실 탁자 위에는 국그릇 하나와 숟가락 하나가 놓여 있었는데 밥풀과 열무김치 줄기가 말라붙어 있어, 습관대로 밥을 비벼 먹은 흔적이라는 것을 알았다. 엄마 왜 여기에 누워 있어? 내가 묻자 엄마가 아주 천천히,

그러니까 평소의 말투보다 세 배쯤 느리게 대답했다. 너무 더워서. 너무 더워서 그런가 가슴이 답답해. 나는 국그릇을 가져다가 개수대에 가득 쌓인 냄비와 그릇들 맨 위에 포개어놓으며 엄마를 식당에 데려가야 할지, 병원에 데려가야 할지를 두고 잠시 고민했다. 엄마가 병원에 가고 싶지 않다고 고집을 피워댔을 때라도, 어쩌면 병원을 포기하고 간 한식당에서 청포묵을 집다 말고 너 수학여행 안 가고 여기서 뭐 하냐고 어눌한 목소리로 물었을 때, 그때라도 엄마를 병원에 데려갔어야 했는데. 그때 내 머리에 스쳐 간 것들은 치매 검사, 치매 전문 병원, 간병인, 국가 보조금, 요양원 따위의 단어들이었다. 엄마가 기운을 좀 차리면 억지로라도 병원에 데려가야겠다는 생각으로 한동안 엄마 집을 드나들며 밀린 설거지와 빨래를 하고 밑반찬을 만들어 냉장고에 넣어두고 왜인지 누렇게 얼룩이 진 레이스 커튼을 떼어내 세탁소에 맡기는 동안, 엄마는 침대에서 죽은 듯이 잠을 잤다. 오늘이 며칠이냐고 물으면 1996년이라고 했다가 내 대학 입시 걱정을 하면서 다시 까무룩 잠이 들곤 했다. 정리를 마치고 나서 소파에 앉아 대학 병원에 예약을 걸고 포털 사이트에 증상별 치매 유형이나 치료 가능성 따위를 찾아보던 그 시간이, 이상하게도 내게는 한없이 느리고 나른했던 기억으로 남아 있다. 엄마의 답답하다는 성화에 못 이겨 보일러를 약하게 틀어놓아 미지근하게 온기가 느껴지던 발바닥이, 방에서 들려오는 엄마의 코 고는 소리 같은 것들이 지금도 꿈같다.

엄마의 병이 치매가 아니라 뇌출혈이었다는 사실을 안 것은 일주일이 지난 뒤였다. 밤에, 엄마의 오랜 동네 친구인 현경 아줌마가 전화를 걸어와 흥분한 목소리로 몇 번이고 같은 말을 반복했던 것이다. 현관문이 열리자마자 엄마가 이렇게 앞으로 고꾸라지더라고. 꼭 마대 자루 넘어지듯이.

실종되었던 어선이 한 달여가 지난 뒤에 텅 빈 채 항구로 떠밀려 왔다는 이상한 뉴스를, 나는 엄마의 장례식장에 마련된 유가족 휴게실의 붙박이 TV에서 보았다. 해무가 육상으로 전진하면서 더는 해무가 아닌 게 되어 안개로 불리게 된 것도 그즈음의 일이었다. 안개가 문제라니. 세상에 문제랄 것도 참 많다고 생각하면서, 나는 앵커가 발음하는 '안개'를 내 방식으로, 그러니까 슬픔과 죄책감과 상실감의 은유로 받아들였다. 그때의 안개는 내가 알고 있던 안개, 어린 시절 더부살이한 외갓집 흙 마당을 새벽마다 축축이 적시던 것, 현경 아줌마의 연락을 받고 응급실로 향하는 내내 내 차의 앞길을 가로막았던 것, 언젠가 본 오래된 그림에서, 사랑하는 남자에게 아버지가 살해당하자 미쳐 익사한 어린 여성의 주위를 둘러싸고 있던 풍경의 일부 같은 것이었다. 그것은 슬픔 주위를 맴돌 수는 있어도 세계를 끝장낼 만큼 힘이 센 것은 아니었다. 그래서 창밖으로 보이는 저 것을 안개라고 불러도 좋은 것인지 모르겠다. 우리의 삶을 망치 는 것을 그렇게 익숙한 단어로 불러도 되는 것일까.

나는 비로소 나를 있게 한 모든 원인으로부터 떨어져 나와 완 진한 혼자가 되었다. 그 사실에 생각이 미칠 때면 한없이 홀가 분하게 느껴지다가도 한편으론 사는 게 견디기 어려울 정도로 무서워진다. 엄마는 엄마 없이 어떻게 살았지? 그런 물음이 머 리를 떠나지 않는다.

창밖을 보고 있던 수리가 갑자기 빠른 걸음으로 거실을 가로 지르더니 현관 입구에 세워둔 접이식 카트를 끌고 밖으로 뛰쳐 나갔다. 일주일에 한 번 오는 배급차가 나타난 모양이었다. 원 래 배급은 쓰레기 분리수거 일처럼 지역구에 따라 '월수금'이거 나 '화목토'였는데, 수급이나 인력난을 이유로 점점 횟수가 뜸 해지더니 최근엔 일주일에 한 번으로 줄어들어버렸다. 그마저도 실거주자가 아닌 주민등록상 거주자를 기준으로 배급을 하다 보니 우리는 1인분의 식량과 생필품을 둘이 나눠 써야 하는 어 려움을 겪고 있었다. 물품의 종류도 수량도 제각각이라 눈치 싸 움이 무엇보다 중요했는데, 내가 휴지 대신 얇디얇은 업소용 냅 킨을 가져오거나 쌀 대신 보리쌀, 수수 같은 곡식을 받아 오는 것을 본 다음부터는 수리가 나서서 다녀오고 있었다. 배급일은 수리의 길고 튼튼한 다리와 뛰어난 동체시력이 빛을 발하는 유일한 순간이었다.

정원, 이것 좀 봐.

빠르게 번호 키를 누르고 들어온 수리가 큰 소리로 나를 불렀다. 현관 근처에서 신발 벗는 소리, 카트 접는 소리, 비닐 포장지 바스락거리는 소리가 차례로 들려왔다. 수리는 어릴 때부터 나를 이름으로 불렀다. 여기가 외국이냐. 수리의 아빠는 맹랑하게 구는 자기 딸이 멋쩍었는지 수리가 내 이름을 부를 때마다 핀잔을 주곤 했지만, 별다른 대안이 있는 것도 아니어서 끝내 호칭을 고쳐주지 못했다. 언니라고 부르기엔 수리와 나와의 나이 차이가 너무 컸고, 그 밖의 다른 호칭을 붙이기에는 그와의 관계가 느슨했기 때문이다. 그때나 지금이나 나는 수리와 이름으로 불리는 관계에 아무런 불만이 없다.

성큼성큼 부엌으로 다가온 수리가 눈앞에 손바닥을 펼쳐 보였다. 마이쮸네. 마이쮸가 아니고 마이쮸. 수리가 내 발음을 정정하며 씨익 웃어 보이더니 겉 포장지를 능숙하게 벗겼다. 수리는 성격이 급하고 동작이 큰 편이라 늘 부산한 편이었는데, 그런 반면 오래 공동생활을 해와서인지 정리 정돈에 집착하는 경향을 보이기도 했다. 수리의 침대는 늘 새것처럼 각 잡혀 정리

되어 있었고, 나처럼 배급품을 현관에 내버려둔다거나 신분증을 찾아 헤매는 일도 없었다. 마이쮸는 사과 맛이 진리지. 수리가 포장지를 모두 벗겨내자 은박지로 개별 포장된 장방형의 캐러멜들이 나타났다. 우리 하루에 한 개씩만 먹자. 열 개니까 5일 동안 먹을 수 있어. 두 개씩 짝을 지어 식탁 구석에 열을 맞춰놓는 수리의 뒷모습은 마치 가젤 사냥에 성공한 암사자처럼 기세등등해 보였다.

수리가 투지를 보이는 배급품들은 이런 것들이었다.

밀가루, 비엔나소시지, 하리보 젤리, 3겹 화장지, 오버나이트 생리대.

모두 한 달에 한 번 나올까 말까 한 것들로, 이 중 하나만 성공해도 수리는 하루 종일 기분이 좋았다.

오늘 아침엔 나에게도 기쁜 일이 있었다. 다용도실을 정리하다가 우연히 서리태가 가득 든 택배 상자를 발견한 것이다.

한창때인 수리에게는 늘 먹을 것이 부족했다. 식단 조절을 하느라 굶는 것에는 이골이 났다고 말했지만, 우리의 식사는 수리의 선수용 식단과는 정반대인, 그러니까 양질의 단백질과 신선한 야채, 과일이 누락된 통조림과 탄수화물 중심의 저 영양 식단이었고, 그런 것이 수리의 신체를 불균형하게 만들 것은 자명

했다. 명절에 들어온 제주산 갈치나 수리가 오면 구워주려고 냉동실에 재워둔 LA갈비, 산지에서 박스로 사다 둔 파프리카, 닭가슴살 등은 이미 다 먹어치운 지 오래였다. 봉쇄가 이렇게 오랫동안 지속될 줄은 꿈에도 몰랐기 때문이다. 우리는 세계가 이토록 모호하고 불균형한 방식으로 망해갈 것이라고는 예상하지 못했다. 이를테면 인터넷과 휴대폰은 먹통이 되었지만 수도와 전기가 여전히 공급되고 있었기에 우리는 씻고 마시는 것에 어려움이 없었다. 수리는 카트를 끌고 34층을 걸어 올라오지 않고 엘리베이터를 이용할 수도 있었다. 뉴스를 제외한 모든 프로그램이 재방송이긴 했지만, 식사를 하면서 몇 해 전에 방송된 연애 리얼리티 프로그램을 흥미진진하게 보거나, 20세기의 재난 영화를 시청하며 저것은 현실적이지 못하다고 비판할 수도 있었다. 수리는 특히 홈쇼핑 재방송을 좋아해서, 갈비탕이나 냉동 만두를 시식하는 장면이 나오면 늘 리모컨을 멈추고 집중해서 보곤 했다. 진행자가 집게 두 개를 이용해 갓 찐 만두를 반으로 갈라 김이 모락모락 나는 그것을 보란 듯이 입 안 가득 넣는 장면을 응시하면서 수리는 자동인형처럼 내게 같은 질문을 했다. 정원은 김치만두가 좋아, 고기만두가 좋아? 수리와 나는 나란히 소파에 앉아 만두에 들어가는 당면이나 무말랭이의 쓰임에 대해 진지하게 논의했다. 봉쇄가 풀리면 가장 먼저 만두를 빚자고 다

짐도 했다. 아직 최악의 상황은 오지 않았으니까, 조만간 잠에서 깨어나듯 일상으로 돌아갈 수 있을 것이라고 믿었다. 그렇게 느슨한 방식으로 재난에 대처하는 동안, 가을의 사과, 겨울의 귤, 신선한 우유, 부드러운 식빵 같은 것들이 우리로부터 차례로 멀어져갔다.

배급이 줄어든 이후에야 비로소 위기감을 느낀 우리는 모든 것을 극단적으로 아끼기 시작했다. 수리는 나를 따라 면 생리대를 쓰기 시작했다. 봉쇄 직전에 사재기해둔 게 많이 남아 있어서 내가 말렸더니, 나중에 물이 잘 나오지 않게 되었을 때를 대비해 저금해두어야 한다고 했다. 생리대를 저금한다는 소리는 처음 듣네. 수리에게 면 생리대 사용법과 세탁 방법에 대해 설명하는 동안, 내 말을 유심히 듣던 수리가 대뜸 '우리 둘 다 여자여서 참 다행이야'라고 말했다. 화장실 구석에는 사용한 생리대를 담가둘 물통 두 개가 나란히 놓였다. 그 물통들이 나에게는 수리와 내가 동일한 암컷 포유류라는 일종의 표식처럼 느껴졌고, 아주 나중에 우리에게 남은 위태로운 문명의 보호막이 거두어질 언젠가에 대한 복선 같아 때로는 소름이 끼쳤다.

어느 날엔가는 양을 불리기 위해 쌀을 묽게 끓인 뒤 김치냉장고에 굴러다니던 흑임자와 각종 묵은 나물을 넣어보기도 했는데, 수리가 한 입 먹어보더니 화장실로 달려가 토를 하고 돌아왔던 적이 있었다.

정원, 미안하지만 이건 존엄성의 문제야.

양쪽 눈이 토끼처럼 빨개진 채로 수리는 입바른 소리를 해댔다. 나는 어른으로서 수리를 따끔하게 혼내고 사태의 심각성을 깨달아야 한다고, 지금 우리에게 중요한 것은 생존이지 맛을 따질 때가 아니라고 타일러야 한다고 생각했지만, 왜인지 웃음이 터져버렸다. 존엄성이라니, 너 아직 살 만하구나, 하면서. 수리가 있어서 나도 아직 살 만한 거구나, 하는 생각에.

우리는 우리로부터 멀어져가는 것들에 대해 거의 말하지 않았다.

해가 지면 도시는 놀랍도록 고요해진다. 마치 거대한 물고기에게 잡아먹힌 것처럼, 낮 동안 지상에서부터 올라오던 소리들, 오토바이 소리나 아이들이 뭐라 뭐라 하고 떠드는 소리, 자동차 경적 소리, 새소리 같은 것이 일시에 멈춘다. 그러고 나면 우리는 야생동물처럼 바깥에서 들려오는 소리에 기민해진다. 때로 동네가 떠나갈 듯 사이렌 소리가 울려 퍼질 때면, 수리와 나는 창가에 달라붙어 구급차의 불빛을 찾는다. 누가 실려 가는지, 누가 싣고 가는지를 보기 위해서다. 차가 보이지 않으면 소리가 어디에서 와서 어디로 사라지는지, 소리가 사라질 때까지 어둠 속을 주시한다. 우리는 더 이상 뉴스를 보지 않는다. 수리는 자신이 본 거의 모든 것에 대해 나에게 이야기하는 편이지만 이웃집 대문에 '喪中(상중)'이라고 쓴 종이가 붙어 있던 것에 대해서는 말하지 않는다. 수리는 봉쇄 직후 연락이 두절된 자신의 엄마와 소중한 친구에 대해서 말하지 않고, 나도 항시 충전 중인 상태로 전원이 켜 있는 수리의 휴대폰에 대해 언급하지 않는다.

수리야, 오늘은 콩죽을 먹자.

콩은 재작년 엄마가 아직 살아 있었을 때 보내준 것으로 엄마의 지인이 농사를 지었다가 수확이 늦어지는 바람에 주변 사람들에게 헐값에 판 것이었다. 엄마는 그 콩을 두 말 사서 당신이 한 말을 먹고 나에게 한 말을 보냈다. 콩 한 말이 어느 정도 양인지 몰라서 문 앞에 놓인 택배 상자의 크기를 보고 기겁했던 것이 뒤늦게 떠올랐다. 엄마에게 전화를 걸어 이 많은 콩을 누가 다 먹냐고, 10년이 가도 다 못 먹겠다고 투덜댔던 것도 기억났다. 그냥 넣어둬. 다 먹게 되어 있어. 그때는 엄마의 습관적인 대답이 이런 식으로 실현되리라고는 생각지 못한 채 포장된 상자 그대로 다용도실 구석에 밀어 넣어두었다. 한국전쟁 끝자락에 태어난 엄마에게는 못 먹고 못 살던 시절을 지나와서인지 먹을 것이라면 무엇이든 쟁여두려는 습성이 남아 있었다. 엄마 집

방 하나를 독차지하고 있는 대형 냉장고와 김치냉장고, 가정용 냉동고를 볼 때마다 이런 게 다 환경오염이고 자원 낭비라고, 요즘 같은 시대엔 전쟁 나면 다 같이 한 방에 죽는 거라고, 건강을 위해서라도 신선한 것들을 조금씩 사 드시라고 잔소리를 했었는데 지금 생각하면 다 헛소리다.

아침부터 불려둔 서리태를 소금을 탄 끓는 물에 부었다. 그래야 비린내가 나지 않는다고 신신당부하던 엄마의 목소리가 갑자기 떠올랐기 때문이다. 사람의 기억력이란 참 신기하지. 단단하게 말라붙은 콩 껍질이 부드럽게 풀어지고, 갈라진 껍질 사이로 푸른 속살이 보일 즈음 불에서 내렸다. 믹서에 콩과 콩 삶은 물을 넣고 곱게 갈아 절반은 죽용으로 절반은 아침에 마실 두유용으로 묽게 물을 타서 냉장고에 넣어두었다. 수리에게 훌륭한 단백질 공급원이 될 것이다.

죽이 검은색인데.

표면에 금방 얇은 막이 생긴 죽을 낯설게 바라보던 수리가 엘리베이터에 붙어 있던 안내문 이야기를 했다. 나도 본 적 있었다. '아파트 정원에 비닐하우스를 만들 예정이니 입주민 여러분들의 많은 참여를 바란다'고 쓰여 있던 공고문이었다. 그 아래엔 비닐하우스 설치에 필요한 재료와 각종 기구, 비닐하우스에 심을 수 있는 씨앗 목록이 자세히 적혀 있었다. 얼마 전에는 동대표가 찾아오기도 했었다. 정원을 갈아엎으려면 입주민 과반의 동의가 필요하다면서 서명을 받으러 온 것이었다. 매해 큰돈을 들여 조경업체에 관리를 맡겼던 정원은 관리인이 사라지자 순식간에 황폐해져버렸다. 아파트의 정원은 삭막한 주변 풍경에서 유일하게 볼만한 것으로 사방에 놓인 네 동의 아파트 한 가운데에 타원형 모양으로 자리 잡고 있었다. 정원 가장자리에는 키 큰 정원수들이, 그 주변으로는 꽃밭이, 안쪽으로는 분수와 잔디밭이 있었다. 겨울이 끝날 즈음이면 겨우내 땅을 덮고 있던 짚 더미와 나무 기둥의 보온재를 벗기고 잔디 양생을 준비하는 조경업체 직원들로 북적이곤 했다. 봄의 튤립, 초여름의 붓꽃, 가을의 핑크뮬리로 정원은 늘 싱그럽거나 초월적으로 아름다웠다. 밤이 되어 인적이 드물어지면 길고양이들이 벤치에 길게 몸을 누이고 있거나 풀밭이 자기 것인 양 뛰어다니곤 했다. 지금의 정원은 잡초가 무릎까지 자라난 데다가 알 수 없는 이유로 고사한 단풍나무들 때문에 을씨년스럽기까지 했지만, 정원이 언제든 예전의 모습으로 돌아갈 수 있으리라고 생각하는 입주민들이 아직도 많은 모양이었다. 사람들이 현실 인식이 안 되는 모양이라고, 저 넓은 땅을 놀려서 무얼 하냐고, 효율성을 생각해야지. 내가 3401호 칸에 서명을 하는 동안 동대표가 끝없이 투덜거렸었다. 수리는 비닐하우스를 만드는 데에 가보고 싶다고 했

다. 아마 꼭 비닐하우스가 아니더라도 무엇이든 하려고 했을 것
이다. 수리는 가만히 앉아서 무슨 일이 닥치길 기다리는 것이
가장 견디기 어렵다고 말하곤 했으니까.

우리도 콩을 가져가볼까?

내가 묻자, 수리가 눈을 동그랗게 뜬 채 되물었다.

이걸 심는다고? 그럼 콩이 자라?

이런 속담 몰라? 콩 심은 데 콩 나고 팥 심은 데 팥 난다.

수리는 정원에 갈 생각에 벌써부터 들떠서 죽을 먹는 둥 마
는 둥 했다. 나는 죽 표면이 말라붙지 않도록 바닥에서부터 저
어 올리며 수리에게 간밤에 꾼 꿈 이야기를 하기 시작했다. 어제
이상한 꿈을 꾸었어. 꿈속에서 낮잠을 자고 있었는데 어디선가
소곤거리는 소리가 들리는 거야. 다시 잠이 들려 해도 누군가가
속삭이는 듯한 소리가 끊이질 않아서 결국 깨어났지. 짜증이 나
서 어디서 들려오는 것인지 찾아다녔는데, 영 모르겠더라고. 이
상하게 오기가 생겨서 소리를 따라 집 안을 죄다 뒤졌어. 그때
다용도실 구석에 처음 보는 작은 단지가 눈에 들어오더라? 유
골함 같은 작은 항아리 있잖아. 그런데 소곤대는 소리들이 단
지 안에서 들려오는 것 같은 거야. 그래서 뚜껑을 살짝 열어봤
지. 무섭진 않았어? 별로. 단지 안에 뭐가 있었어? 콩. 콩이라고?
응, 그냥 까만 콩이 가득 들어 있었어. 단지 안에서 말소리가 계

속 들려서, 바닥에 뭐가 숨어 있나 싶어서 손으로 콩을 막 파냈
거든? 그런데 파도 파도 콩이 끝없이 나오는 거야. 꿈에서 깨어
날 때까지 끝도 없이.

  우리는 부엌을 뒤져 간신히 찾아낸 목장갑 두 켤레와 작은 지
퍼백에 콩을 담아 1층 정원으로 내려갔다. 정원은 이미 땅을 개
간하기 시작한 사람들과 개나 아이들을 데리고 구경 나온 사람
들과 대추씨, 수경재배 중인 대파, 기르던 화분 등을 무작정 들
고나와 우리처럼 뭐라도 하려고 서성이는 사람들, 그리고 정원
이 훼손되는 것에 항의하는 몇몇 주민들로 북적이고 있었다. 봉
쇄가 시작된 이후, 어쩌면 아파트가 세워진 뒤 이렇게 많은 주
민들이 정원에 모이는 것은 처음 있는 일 같았다. 수리는 사람
들이 모였다는 사실만으로도 조금 흥분한 듯 보였다. 예전으로
돌아간 것 같아. 고개를 숙여 귓가에 속삭이는 수리의 목소리
끝이 가늘게 떨렸다. 한쪽에는 사람들이 들고나온 것으로 보이
는 원예용품과 삽, 어디서 났는지 모를 파이프, 김장용 비닐, 차
광막 등이 아무렇게나 쌓여 있었다. 내 옆에 서 있던 중년 여자
가 12월인데 날이 이렇게 푹한 게 말이나 되냐고, 이미 안개가
당도한 것 아니겠냐면서 당장 먹을 수도 없는 것을 심어 무엇
하냐고 말했다. 그러자 멀찍이 있던 한 남자가 도시는 정치적인

이유로 봉쇄된 것일 뿐 안개는 존재하지 않는다고 말했다. 그러니 버티는 것이 중요하다고, 봉쇄는 언젠가는 풀리게 되어 있다고, 역사적으로도 그렇다고 했다. 그럼 강을 뒤덮고 있는 저것은 무엇이지? 매일 조금씩 진군하며 우리를 위협하는 저것이 낯선 무언가가 아니라 우리가 알던 바로 그 안개라면, 우리는 지금보다 더 두려움에 떨어야 하는 것이 아닐까 나는 잠시 생각했다. 이 김에 고사한 나무도 모두 베어버려야 한다는 사람들과 알 수 없는 이유로 눈물을 닦는 노인들, 이 모든 소란과 무관하게 벤치에 앉아 볕을 쬐며 환담을 나누는 입주민들, 그런 사람들 주위를 뛰어다니는 아이들을 천천히 둘러보던 수리가 조용히 삽을 들고 가장 가까운 땅을 일구기 시작했다. 나는 그런 수리를 뒤쫓아 가 목장갑을 건네주었다. 정원은 구경만 해. 이 정원은 내가 알아서 할 테니까. 말장난을 하며 한쪽 입꼬리를 올려 보이는 수리를 바라보며 나는 말했다. 언제 이렇게 자랐지? 수리가 메마른 땅에 삽을 박아 넣으며 대답했다. 아직 더 클 수 있어.

우리가 처음 만났을 때 수리는 일곱 살이었다. 나는 스물일곱 살이었는데, 그때 수리의 아빠는 자신이 서른일곱 살이라고 말했었다. 셋의 나이 끝자리가 같다는 사소한 사실마저도 대단한 조화처럼 느껴졌었는데. 나중에 그의 주민등록증을 우연히 보고는 그가 네 살이나 나이를 어리게 속였다는 사실을 알게 되었지만, 20대였던 나에게는 서른일곱 살이나 마흔한 살이나 늙기는 매한가지였기에 대수롭지 않게 넘겼던 것 같다. 나이가 들면 사소한 것도 숨기고 싶은 모양이라고, 유치하고 귀여운 구석이 있는 사람이라고 생각했었다. 그의 집을 자주 오가다가 너무 자주 오가게 되어 거의 살다시피 하게 된 그해 여름에 수리는 그가 끈질기게 신청한 면접 교섭으로 반년 만에 아빠를 보러 올 수 있었다. 수리는 긴 머리를 하나로 질끈 동여맨 채 유치한 그림이 그려진 민소매 원피스를 입고 있었다. 작고 까무잡잡한 얼굴에 또래보다 키가 커서 보이기는 아홉 살쯤으로 보였는데 하는 짓은 영락없는 일곱 살이었지.

우리 영화 보러 간 것 기억나? 중국 판다가 싸움하는 영화였는데.

응. 거기서 판다가 만두 먹잖아. 엄청 큰 만두.

빠른 속도로 잡초를 뽑고 흙을 뒤엎는 수리를 보고 지나가는 입주민들이 힘이 장사라고 말들을 얹고 갔다. 수리에게 껌이나 땅콩사탕을 주는 꼬마 아이들, 수리의 등을 투박하게 두드리고 가는 할아버지도 있었다. 사람들의 관심에 힘이 난 수리가 더욱 과장되게 흙 속에서 파낸 돌덩이들을 구석으로 던지기 시작했다. 영화를 보고 온 날 저녁, 수리는 낯선 환경 때문이었는지 고열에 시달렸다. 쌀알 같은 얼굴을 잔뜩 찡그린 채 칭얼거리는 아이를 어떻게 다루어야 할지 몰라서 이마에 맺힌 땀을 차가운 수건으로 닦아주기만 했는데, 수리는 내 손길이 싫었는지 급기야는 크게 울음을 터뜨려버렸다. 그가 거실 소파 위에 늘어진 수리를 안아 약을 먹이고 땀에 젖은 옷을 갈아입히는 동안, 나는 죄지은 사람처럼 부엌 의자에 숨죽이고 앉아 있었다. 마치 보균자라도 된 듯이. 그가 울음이 그친 수리를 무릎에 앉히고 냉장고의 차가운 멜론을 잘라 작은 입에 넣어주고 다정하게 입 주변과 턱을 닦아주는 것을 어둠 속에서 지켜보던 그 시간이, 내게는 영겁처럼 길게 느껴졌다.

아빠가 보고 싶진 않아?

아빠는 별로. 그런데 엄마는 보고 싶어.

수리는 자리를 옮겨 잔디밭 한가운데로, 허리를 숙이고 땅을 고르는 사람들 틈으로 섞여 들어갔다. 해가 서서히 기울면서 붉고 부드러운 빛이 허리를 숙인 사람들의 등과 뒤통수와 흙 위에 공평하게 내려앉았다. 그것은 내가 이 아파트에 살면서 볼 수 있을 거라고는 전혀 예상치 못한 낯선 풍경이었지만 동시에 오랫동안 잊고 있었던, 그래서 더는 우리의 것이 아니라고 믿었던 겸손이나 겸양이라고 부를 수 있을 만한 태도를 떠올리게 했다.

그리고 그 생경한 풍경을 바라보며 불쑥 혼잣말이 튀어나왔다. 나도 엄마 보고 싶다. 내가 작게 읊조렸을 때, 허리를 편 수리가 손짓하며 나를 불렀다. 나는 콩이 든 지퍼백을 들고 밭 가운데로 걸어가기 시작했다.

작가 노트

　이 소설의 처음 제목은 '도시와 안개'였다. 그러다 소설을 쓰면서 '도시'를 작중인물인 '수리'로 바꾸게 되었다. 쓰는 동안 도시보다 수리가 더 소중해졌기 때문이다. 그건 이전에 내가 써온 글들과도 현실과도 사뭇 다른 결론일지도 모르지만, 어쩐지 소중하게 느껴진다.

김유진

소설집《늑대의 문장》《여름》《보이지 않는 정원》, 장편소설《숨은 밤》등이 있다.

소금의 맛

신들의 언덕에서 만나요, 네가 말했고

나는 너를 만나러 언덕길을 오른다.

신들의 언덕에서 만나요, 그들의 뺨이 붉어지는 시간에, 너는 말했고 지금은 한낮. 나는 여름 정오의 햇살을 정수리로 맞으며 보기보다 가파른 경사로를 오른다. 길 양쪽에 푸른 가로수들이 이따금 바람결에 풍성한 몸을 흔든다. 한여름이지만 북해도의 여름 공기는 제법 견딜 만하다.

사슴이 우리를 만나게 했다. 2018년 2월, 나의 나라에서 동계 올림픽이 한창일 때 나는 너의 나라에 있었다. 언제부턴가 나는 명절 연휴와 학교장 재량 휴업일을 낀 조금 긴 연휴가 찾아오면 어김없이 너의 나라로 도망쳤다. 너의 나라는 가까워서 비행기에서 견뎌야 하는 시간이 짧았고, 비자 없이 다녀올 수 있어서 편리했다. 특히 2월은 명절과 봄방학이 겹치는 시기면서 해외여행 비수기라 내 나라를 떠나기에 더할 나위 없이 좋은 계절이었다. 나는 네 나라의 남쪽으로 가 내 나라보다 조금 일찍 당도하는 봄을 만나고 돌아오곤 했다. 어쩌면 봄 마중이랄까, 혹은 한 해를 시작하는 나만의 방식이었을 것이다. 온천 마을에서 산 녹차나 호지차, 공항 면세점에서 사 온 과자나 초콜릿을 건네면 동료 선생님들은 기쁘게 받으면서도, 유 선생 조상이 혹시 친일파야? 왜 이렇게 일본을 자주 들락거려? 농담을 가장하며 비아냥거렸다. 가깝잖아요. 음식이 맛있어요. 풍경이 근사하더라고요. 여러 가지 이유를 대보았지만, 일본에 남자라도 숨겨놓은 모양이지?라는 말까지 들었을 때는 더는 역한 말들을 듣고 싶지 않아 몰래 떠났다 몰래 돌아왔다.

설 연휴와 봄방학과 동계올림픽이 겹쳤던 그해 2월 나는 교토 외곽의 작은 호텔 방에서 저녁마다 캔맥주를 마시며 올림픽 중계방송을 보았다. 캐스터의 말과 화면 아래쪽 자막을 조금도 이해하지 못했지만, 대충 알아볼 수 있는 국기들을 달고 각자의 경기에 임하는 사람들의 모습은 별다른 감정의 동요 없이 지켜보기에 좋았다. 그러니까 나의 행위는 관전이라기보다는 구경이었다. 설 연휴의 마지막 날인 일요일에 스피드스케이팅 500미터 결승전이 있었다. 너의 나라 선수팀 주장인 고다이라 나오 선수와 나의 나라 이상화 선수가 세기의 라이벌전을 치른다며 며칠 전부터 떠들썩하게 이목을 끌었던 경기였다. 고다이라 나오 선수는 1000미터 경기에서 안타깝게 놓친 금메달을 이 경기에서 반드시 손에 넣어야 했고 이상화 신수는 이 종목에서 올림픽 3연속 금메달 획득이라는 희대의 기록을 세워야 했다. 그날 나는 평소 딱 한 캔만 마시는 맥주를 두 캔이나 먹었을 만큼 그 경기를 집중해서 보았다. 그것은 구경이 아니라 관전이었다. 경기는 기다린 시간에 비해 어이없을 정도로 빨리 끝났다. 선수들 입장에서는 수년간 준비하고 기다려온 경기일 텐데 고작 몇 초 차이로 승부가 결정된다고 생각하자 나도 모르게 몸서리가 쳐졌다. 너의 나라 아나운서가 흥분한 목소리로 뭐라 뭐라 말하는 사이 고다이라와 이상화가 동시에 결승선을 넘었다. 나로선 '동시에'라고 말할 수밖에 없을 정도로 누가 먼저 들어왔는지 맨눈으로는 도저히 식별이 안 되었는데, 너의 나라 아나운서가 숨이 넘어갈 정도로 흥분하는 소리를 듣고서야 나는 고다이라 선수가 이겼구나, 하고 알았다. 잠시 후 고다이라가 너의 나라 국기로 어깨를 감싸고 트랙을 돌며 관중석을 향해 인사했다. 이상화는 봉에 매단 태극기를 들고 트랙을 돌다 어느 순간 복받친 울음을 터뜨렸다. 그 울음은 분함이나 안타까움이라기보다는 지나온 시간에 대한 소회에 가까워 보였다. 아주 길고 깜깜한 터널을 무사히 통과한 이만이 보일 수 있는 긍지의 절정이랄까. 고다이라가 다가와 이상화를 안아주었다. 두 사람은 함께 어깨를 감싸 안고 트랙을 돌며 무슨 말을 주고받는 것 같았는데, 이 장면은 '국경을 초월한 우정'이라는 제목을 달고 곳곳으로 퍼져나갔다.

다음 날인 월요일 오전에 나는 나라현 동대사로 갔다. 규모가 웅장하지만 오래된 것 특유의 수굿함을 간직한 절은 천천히 거닐며 구경하기에 좋았다. 나는 관광객 무리에 섞였다가 빠져나오기를 반복하며 불당 안을 흘끔거리고 정원의 나무들을 보았다. 연기가 포르르 피어오르는 향로 앞에 서서 참배하지는 않았다. 나의 목적은 참배가 아니라 구경이었으니까. 게다가 내겐 어떤 신을 향해서든 기원의 말을 건넬 일이랄 게 없었다. 그 시절 내겐 바라는 게 없었다. 아니, 바라는 게 있다 해도 바라는 행위의 효용을 믿지 않았다. 절 경내 어디에나 사슴이 있었다. 사슴들은 나와 달리 뭔가를 바라는 표정으로 관광객들과 눈을 마주쳤다. 구경을 마치고 다시 절 입구로 나왔을 때 사슴들이 바라는 게 뭔지 알 수 있었다. 진입로에 사슴용 전병을 파는 수레가 일정한 간격을 두고 늘어서 있었다. 사람들이 전병을 사서 사슴들에게 먹였다. 누군가 전병을 사면 사슴들이 용케 알고 삼삼오

오 무리를 지어 다가왔다. 사람이 전병 봉지를 들고 있으면서도 쉽게 내주지 않는 것 같으면 사슴들은 주둥이로 사람의 손이나 옆구리를 툭툭 쳤다. 와, 완전 깡패네. 가까운 곳에서 어떤 남자애가 한국어로 말했다. 남자애는 봉지를 머리 위로 한껏 치켜든 채 커다란 사슴 세 마리에게 둘러싸여 있는데, 계속 전병을 내놓지 않다가 가장 몸집이 큰 사슴에게 엉덩이를 세게 맞았다. 신기하게도 어떤 사슴도 전병을 파는 수레를 향해 직접 먹이를 요구하지는 않았다. 주둥이가 닿고도 남는 자리에 전병이 수백 장 쌓여 있는데도 사슴들은 수레를 건드리지 않고 오직 전병을 산 사람만 노렸다. 이 나라에서 사슴은 신처럼 여겨진다는데, 저 정도의 눈치를 갖췄다면 과연 영묘하다고 말할 수 있겠군. 나는 이런 생각을 하며 천천히 동대사에서 사슴 공원 방향으로 걸음을 옮겼다.

풀밭이 끝없이 펼쳐졌다. 어디에나 사슴이 있었다. 나무 아래 주저앉아 그늘을 즐기는 사슴도, 완만한 경사의 풀밭을 천천히 거니는 사슴도, 사람과 자동차가 간간이 지나다니는 포장도로 위를 스스럼없이 걷는 사슴도 있었다. 내 손에 전병이 없다는 걸 일찌감치 알아챘는지 어떤 사슴도 내게 눈길을 주지 않았다. 나는 공기에 섞인 쌉싸래한 그들의 냄새를 맡으며 이정표도 무시하고 계속 한 방향으로 걸었다. 얼마나 갔을까. 문득 주위를 둘러보니 사람도 사슴도 건물도 보이지 않는 구간에 들어서 있었다. 오직 양옆으로 푸른 풀밭만 펼쳐져 있었다. 뭐가 나올지 내처 가볼까? 아니면 이쯤에서 걸음을 돌려야 할까? 걸음을 멈추고 망설이고 있는데 저 앞에 난데없이 사슴 한 마리가 나타났다. 어린 티를 벗지 못한 작은 꽃사슴이 가만히 서서 나를 보았다. 사슴은 따라오라는 듯 고개를 돌리고 걸음을 옮기기 시작했다. 영묘한 어린 신을 따라 나는 무작정 걸었다. 또 한참을 걸었을 때 저 앞에 살림집인지 영업용인지 잘 구별이 되지 않는 2층 건물들이 나타났다. 건물들은 사슴처럼 느닷없이 나타났다. 그 앞에서 사슴이 걸음을 멈추고 다시 내 쪽을 돌아보았다. 나도 사슴을 보았다. 사슴에게도 표정이라는 게 있다면 그건 분명 심부름을 무사히 마친 어린아이의 뿌듯한 얼굴이었다. 사슴은 곧 왼쪽으로 몸을 돌리더니 완만한 경사의 풀밭으로 들어갔다. 가뿐한 걸음으로 멀어지는 사슴의 꽁무니를 한참 바라보다가 문득 눈앞의 건물을 올려다보았다. 주황색 지붕을 얹은 건물 2층에 coffee라고 쓰인 작은 간판이 보였다. 순간 맹렬히 커피가 마시고 싶어졌고, 오직 커피를 찾아서 이 먼 길을 온 것이라 믿어버렸다.

너는 카페 안에 혼자 있었다. 카운터 뒤에 서 있던 네가 문을 열고 들어서는 나를 향해 활짝 웃으며 인사했다. 너의 나라 말로 아마도 '어서 오세요'라는 뜻이었을 것이다. 나는 유튜브에서 찾아본 실전 일본어 영상을 떠올리며 너의 나라 말로 좋은 아침입니다, 하고 인사했지만, 다시 생각해보니 아침이 훌쩍 지난 시간이었다. 네가 살짝 웃자 왠지 당황한 나는 얼른 커피를 주문했다. 아메리카노. 핫. 네가 제대로 알아듣지 못한 것 같아 나는 또 유튜브에서 본 실전 일본어를 또박또박 발음했다. 고히. 호또. 너는 아까보다 더 활짝 웃었다. 서투르게 동전을 세어가며 커피값을 치르고 네가 커피를 만드는 동안 나는 카페 안을 둘러보았다. 원목 색깔을 그대로 살린 커다란 테이블이 하나 있고 그보다 작은 테이블이 또 하나 있었다. 작은 테이블에는 하늘색 깅엄체크무늬 테이블보가 덮여 있었다. 카페 한가운데에는 하얀 등유난로를 중심으로 각기 다른 의자와 스툴이 둥글게 모여 있었다. 전부 다른 모양과 재질의 의자와 스툴이 난로 주위에 모여 소곤거리는 것처럼 보여서 전체적인 분위기가 카페라기보다는 방과 후 교실 같았다. 사진을 찍어도 되겠습니까? 나는 커피를 만들고 있는 너에게 영어로 물었다. 너는 고개만 돌리고는 얼마든지요, 하고 영어로 대답했다. 큼직한 유리창 너머로 2월 한낮의 햇살이 수줍게 넘어 들어와 제비꽃 색깔 천 소파에 고이고 있었다. 안온한 햇볕과 등유난로가 함께 보이는 풍경에 나는 잠시 계절 감각을 잊었다. 내가 입고 있는 패딩이 어색하게 느껴질 만큼 이곳은 벌써 봄이었다. 2월의 봄이라니 사슴만큼 영묘하다고 생각하며 나는 햇살이 내려앉은 소파를, 공간의 중심인 난로를, 창틀에 놓인 유리 화병을 사진에 담았다. 소파 뒤쪽에 가로형 책꽂이가 벽을 따라 길게 놓여 있었다. 책꽂이 앞으로 다가가 무릎을 꿇고 앉아 책들을 구경했다. 대다수가 너의 나라 언어로 된 책이었지만 영어 원서가 몇 권 눈에 들어왔다. 책등을 자세히 살펴보는데 아는 이름이 하나 보였다. 나는 퍼트리샤 하이스미스의 낡은 페이퍼백 책을 꺼내 표지를 확인했다. 'The Price of Salt'. 소금의 값이라고?

네가 쟁반에 커피를 받쳐 들고 내 쪽으로 다가왔다. 나는 책을 든 채로 일어나 잠시 망설이다가 등유난로 둘레에서 등받이가 가장 높은 앤티크 의자를 골라 앉았다. 네가 그 옆의 사각형 나무 스툴에 커피를 내려놓았다. 나는 네 눈앞에 책을 들어 보이며 읽어도 됩니까? 영어로 물었다. 얼마든지요. 너는 영어로 대답했다. 너는 카운터로 돌아갔고 나는 네가 만든 커피를 한 모금 마시고 너의 나라 언어로 말했다. 맛있어! 네가 작게 웃는 소리가 들렸다. 아주 조그만 은종 세 개가 딱 1초 짤랑이는 것 같은 소리였다. 나는 너를 향해 다시 맛있어요, 감사합니다, 영어로 말했다. 고맙습니다. 너는 너의 나라 언어로 말하고는 다시 어디에서 왔습니까? 영어로 물었다. 코리아. 내 대답에 너는 올림픽, 하고 말했다. 나는 고다이라 나오 선수의 금메달 획득을 축하합니다, 하고 말했다. 양국의 이목이 한껏 집중되었던 경기였으니까, 너도 당연히 중계방송을 봤거나 경기 결과를 알고 있으리라 생각했다. 하지만 너는 내 말에 고개를 갸웃했다. 내가 다시 고다이라 나오, 하고 말하자 너는 그 사람이 금메달을 땄습니까? 물었다. 나는 핸드폰을 꺼내 트위터에 올라온 전날 경기 하이라이트 영상을 찾아 너에게 보여주었다. 너는 고다이라 나오와 이상화가 각자 국기로 몸을 감싸고 서로를 끌어안은 장면을 말없이 응시했다. 너는 내게 핸드폰을 돌려주며 자신은 스포츠를 잘 모르지만, 꽤 감동적인 영상이라고 말했다. 왠지 멋쩍어진 나는 핸드폰을 받아 들고 얼른 내 자리로 돌아왔다. 그리고 커피를 마시며 창밖을 보는 척했다. 잠시 후 네가 비스킷 두 조각을 접시에 담아 왔다. 너는 사각형 스툴에 비스킷 접시를 내려놓고 내 의자에서 한 칸 떨어진 둥근 스툴 위에 앉았다. 대화를 좀 더 나누자는 뜻인가? 나는 올림픽 이야기는 더 할 수 없을 것 같아 괜히 하이스미스의 책을 들었다. 이것은 당신의 책입니까? 너는 고개를 한 번 끄덕했다. 재미있습니까? 역시 고개를 끄덕했다. 무슨 이야기입니까? 너는 조금 생각해보더니 혹시 영화 〈캐롤〉을 보았느냐고 물었다. 네 입에서 '캐롤'이라는 말이 나오는 순간 나는 벌써 백화점 진열장 위에 내려놓은 캐롤의 장갑과 크리스마스 대목을 맞아 테레즈가 써야 했던 붉은 산타 모자를 떠올렸다. 보았습니다. 한국에서 꽤 인기가 있었습니다. 너는 다행이라는 표정을 짓더니 이 책이 영화의 원작 소설이라고 말했다. 《소금의 값》이요? 내가 필요 이상으로 눈을 크게 뜨고 화들짝 놀라자 너는 또 조그만 은종 세 개가 딱 1초 짤랑이는 소리로 웃었다.

—

　신들의 언덕에서 너와 나는 처음으로 입을 맞췄다. 개와 늑대의 시간, 매직아워였다. 2월의 북해도는 날이 일찍 저물기 시작했다. 언덕 위에 도열한 신들의 사원마다 노을을 받아 뺨을 붉혔다. 아직 볕이 있을 때 우리는 두툼한 방수 부츠를 신고 눈밭을 걸었다. 거리에 늘어선 여러 사원을 다 다니려면 시간이 모자랐다. 이 도시는 너의 나라에서 가장 먼저 개항한 항구 중 하나로 오래전 선교사들이 지어놓은 다양한 건축양식의 교회가 지금껏 남아 있었다. 너는 러시아 정교회에서도 프랑스 가톨릭 교회, 영국 성공회 교회, 일본의 신사, 절에서도 사원마다 다르게 섬기는 신 앞에 두 손을 모으고 서서 눈을 감고 기도했다. 내가 스테인드글라스 창문이나 하얀 회벽에 박힌 나무 십자가, 신사

입구의 붉은 도리이를 구경하며 사진이나 찍는 사람이었다면 너는 어디서나 간절히 기도하는 사람이었다.

하코다테 여행을 제안한 사람은 너였다. 사슴의 인도로 너를 만난 후 너의 나라로 떠나는 나의 여행은 네가 사는 곳의 방문 으로 굳어졌다. 나는 너의 카페에 앉아 책을 읽고 커피를 마셨 다. 카페에 손님이 많으면 설거지를 거들기도 했고 카페에 손님 이 끊기면 일찍 문을 닫고 주변의 사슴 공원을 천천히 함께 걸 었다. 하루 정도 카페 문을 닫고 교토와 나라의 '현지인만 아는 숨은 명소'를 찾아가기도 했다. 나는 네가 소개하는 너의 주변 을 기쁘게 음미했다. 너에 관해서라면 뭐든 알고 싶어 매번 조 바심이 났다. 그러나 네가 어떤 사람인지 대놓고 물어볼 수는 없어서 나는 공연히 커피는 산미가 있는 게 좋습니까, 없는 게 좋습니까? 영국 작가의 소설을 좋아합니까, 남미 작가의 소설 을 좋아합니까? 프랑스 영화를 좋아합니까, 일본 영화를 좋아 합니까? 당신도 이와이 슌지의 영화를 좋아한 적이 있습니까? 봉준호 감독을 압니까? 이런 것들을 물어보며 너의 주변부를 탐색했다. 퍼트리샤 하이스미스는 왜 소설 제목을 '소금의 값' 이라고 지었을까요? 이런 질문을 던진 날엔 교토의 와인바에서 술을 마시고 있었다. 너와 나는 둘 다 완벽하지 않은 영어로 오 래오래 대화를 나누는 데 익숙해져갔다.

하이스미스는 이 제목을 성경에서 따왔다고 말했습니다. 하지만 구체적인 출처는 밝히지 않아서 많은 이들이 추측만 할 뿐이지요. 우선, 소돔과 고모라에서 달아나던 롯의 아내가 절대 뒤돌아보지 말라는 신의 말을 어기고 문득 뒤를 돌아보았다가 소금 기둥이 되어버렸다는 이야기에서 떠올린 제목이라는 설이 하나 있습니다. 또 '너희는 세상의 소금이니 소금이 만일 그 맛을 잃으면 무엇으로 짜게 하리요. 후에는 아무 쓸데없이 밖에 버려져 사람에게 밟힐 뿐이니라'는 〈마태복음〉 5장 13절에서 따왔다는 설도 있고요.

너의 말에 나는 롯의 아내는 왜 뒤를 돌아보았을까요? 하고 불쑥 물었다. 너는 한참 생각한 끝에 말했다. 자기 자리를 떠나고 싶지 않았던 게 아닐까요? 이곳에서 저곳으로 건너가는 일은 언제나 큰 용기가 필요한 법이니까요. 당신은 어떻게 생각합니까? 너의 물음에 나는 그냥 뒤돌아보고 싶어서 돌아본 게 아니겠어? 자동 반사처럼? 생각했지만, 왠지 멋없는 대답 같아서 대신 이렇게 말했다. 의심했기 때문이 아닐까요? 좀 전까지 자신이 일구어온 터전이었던 곳이 신의 저주로 멸망한다는 사실을 믿을 수 없어서, 두 눈으로 똑똑히 보고 싶었던 게 아닐까요? 비록 그게 벌을 받는 일이 될지라도요.

마스터가 추천하는 레드와인을 세 잔째 청하고 나서 나는 두

가지 설 중 어느 쪽이 하이스미스의 의도에 가깝다고 생각합니까? 네게 물었다. 너는 이번에도 한참을 생각해보다가 대답했다. 하이스미스가 소금 기둥이 되어버린 롯의 아내를 떠올렸다면 그것은 소설 속 캐롤과 테레즈의 고통에 집중했기 때문이겠지요. 만약 〈마태복음〉 구절에서 제목을 따온 거라면 고통보다는 사랑에 초점을 맞췄기 때문이 아닐까요? 소금은 짜야 한다. 그게 소금의 값이고 소금의 대가이다. 캐롤과 테레즈의 입을 빌리면 이런 말이 되겠지요. 이 사랑은 고통이다. 그게 이 사랑의 값이고 대가이다. 소금은 짜서 소금이고 이 사랑은 고통이지만 끝내 사랑이다.

나는 와인을 크게 한 모금 들이켜고 풀려가는 눈으로 너의 눈을 바라보며 중얼거렸다. 그런 게 진짜 사랑이라면 나 따위는 감히 사랑할 수 없겠다. 그저 떠나온 자리나 돌아보다가 소금 기둥이 되는 벌을 받고 산산이 부서지겠다. 너는 내 말을 알아듣지 못했다. 이 말만은 비겁하게 내 나라 말로 해버렸으니까. 네가 다시 한번 말씀해주시겠어요? 격식 차린 영어로 물었다. 나는 뜨거운 입김으로 한숨을 푹 쉬고 영어로 대답했다. 나는 아픈 게 싫어요. 네가 눈으로만 웃었다.

그때쯤 우리는 늦도록 함께 술잔을 기울이는 일을 반복했지만, 술집에서 나오면 너는 집으로 나는 호텔로 각자 돌아갔다.

너는 이것이 당연한 일인 듯 굴어서 나는 한 번도 집으로 돌아가는 너를 붙잡지 못했다. 술기운으로 따끈해진 몸을 하고 호텔로 돌아갈 때마다 나는 네가 잡힐 듯 잡히지 않는 우물 속 달 같다고 생각했다. 우리는 어떤 사이입니까? 혼잣말로 물어보기도 했다. 깨끗하게 세탁한 호텔 침구로 몸을 감싸고 있어도 온몸에 소금 알갱이가 묻은 것 같은 까끌까끌함을 느끼며 밤새도록 뒤척였다. 그렇게 꼬박 2년 동안 너와의 만남을 반복하면서 내 마음은 소금밭처럼 황폐해졌다. 역시 이런 이상한 만남은 그만두는 게 좋지 않을까, 생각하던 즈음에 네가 먼저 하코다테 여행을 제안했다. 나는 인천공항에서 너는 간사이공항에서 비행기를 타고 네가 너의 나라에서 가장 좋아하는 도시로 여행을 떠나자고, 온갖 신들이 도열한 언덕을 함께 오르자고 너는 이메일에 썼다.

모든 사원을 공평하게 방문하고 다시 바다가 내려다보이는 언덕길 위쪽으로 돌아왔을 때 날이 저물기 시작했다. 코로나바이러스가 막 퍼지기 시작했을 때였다. 2020년 2월의 하코다테에는 마스크를 쓰고도 여행의 들뜬 기분을 숨기지 못하는 관광객들과 또 한 차례의 혹독한 겨울을 잠잠히 통과하는 현지인들이 절반씩 섞여 있었다. 걸음을 멈추고 바다가 보이는 언덕길을 카메라에 담는 사람들이 점점 늘어났다. 나도 핸드폰을 꺼내 매직아워의 거리 풍경을 사진으로 찍었다. 너를 조금 아래쪽에 서게 하고 네가 중심인 풍경도 담았다. 빛이 사위어갈수록 카메라 앱의 초점 창이 하얀 너를 쉽게 잡아냈다. 흰색 패딩을 입어 온통 하얀 네가 소금 기둥으로 보여 순간 내 가슴이 덜컥 내려앉았다. 나는 핸드폰을 내리고 맨눈으로 너를 보았다. 네가 나를 향해 손을 흔들었다. 나는 어쩐지 코끝이 매워져서는 서둘러 핸드폰을 다시 들고 네 모습을 맘껏 찍었다. 네가 언덕을 다시 올라와 내 사진을 찍어주겠다고 했다. 나는 사진 찍히는 걸 좋아하지 않는다고 말했다. 너는 두 번 청하지는 않았지만 어쩐지 쓸쓸한 얼굴을 했다. 괜스레 미안해진 나는 화제를 돌리려고 불쑥 물었다. 사원마다 다니며 무슨 기도를 했습니까? 너는 눈이 반달 모양이 되는 특유의 웃음을 지으며 고개를 돌렸다가 마스크 쓴 입을 내 귀에 바짝 들이대고 속삭였다. 당신의 이름을 불렀습니다. 나는 멍청한 얼굴로 너를 보다가 마스크를 벗고 너에게 키스했다. 아니, 그걸 키스라고 말할 수는 없을까? 내 입술에 닿은 것은 네 입술이 아니라 너의 마스크였으니까. 아니, 그것은 키스였다고 믿는다. 얇은 마스크를 사이에 두고 내 입술은 분명히 너의 입술을 감각했으니까. 나의 돌연한 행동에 놀랐는지 너는 잠시 소금 기둥처럼 하얗게 굳었지만 곧 나를 와락 끌어안았다. 폭신한 패딩 사이로 나의 가슴이 너의 가슴을 감각했다.

우리는 근대의 은행 건물을 개조한 호텔에 묵었다. 계단과 복도는 오래전 은행의 사무적인 분위기를 간직하고 있었지만, 복층 구조로 된 객실은 아담하고 아늑했다. 우리는 위층의 욕실에서 차례차례 씻고 내려와 아래층 침대에 나란히 누웠다. 그 공간에서 나는 밤새도록 너라는 몸을 탐색했다. 네 몸의 곡(曲)마다 곡(谷)이 되어 나를 깊이 끌어당겼다. 나는 너의 등고선을 측정하고 너의 카르스트와 칼데라를 가늠했다. 나라는 탐험가를 상대하느라 너는 정작 내 몸을 제대로 살피지 못했을 것이다.

열여섯 살에 엄마가 죽었어. 2층 베란다에 빨래를 널려고 좁은 계단을 오르다가 갑자기 쓰러졌어. 빨래 바구니가 엄마보다 한 박자 늦게 계단을 굴렀어. 엄마는 축축한 빨래를 뒤집어쓴 채 눈을 감았어. 장례식을 치르고 온 날 조문객들에게 저녁을 대접했어. 좁은 집 안 어디에나 사람들이 앉아 밥을 먹고 술을 마셨어. 평소 사교성이 좋은 아빠 손님이 제일 많았어. 정작 엄마 손님은 별로 없었지. 엄마는 사근사근한 성격이 아니었거든. 아빠의 동창들과 직장 동료들이 내조의 여왕이었다고 엄마를 치켜세웠어. 그 남자들이 실제로 엄마를 만나본 적이나 있는지 나는 의심스러웠어. 그들이 내세운 근거라곤 아빠의 잦은 야근과 출장, 주말의 외출에 대해 엄마가 한 번도 싫은 내색을 하지 않았다는 사실이었지. 결국 그들은 엄마를 애도한 게 아니라 아빠를 위로했던 거야. 엄마는 아빠한테도 나한테도 다정한 사람은 아니었어. 나는 그게 좀 불만이었고 사춘기를 통과할 때는 엄마가 나를 미워한다고도 생각했지. 하지만 자신의 장례식에서조차 애도의 주인공이 되지 못하는 엄마의 영정 사진을 보고 있으려니 이런 생각이 들었어. 엄마는 이 집에서 가장 많은 시간을 보냈지만 누구보다 쓸쓸한 사람이었겠다고. 눈물이 나올 것만 같아 얼른 부엌으로 도망쳤어. 부엌에서 부지런히 음식을 만들고 내가는 친척 아주머니들 사이에 끼어 일을 거들었어. 그런데 다들 양념이나 그릇이 어디에 있는지 몰라 우왕좌왕했어. 부엌은 오로지 엄마의 공간이었던 거야. 나는 아주머니들이 무엇인가 찾을 때마다 곧바로 알려주지 못하는 내가 미웠어. 조문객들이 하나둘 집으로 돌아가고 부엌을 지키던 아주머니들이 거실 상을 차지하고 앉아 늦은 식사를 시작했어. 부엌에는 어느새 나 혼자 남았어. 나는 물끄러미 부엌 창 너머로 어둠을 응시했어. 여름밤이었어. 향 연기와 모기향 연기가 뒤섞여 자욱했어. 나는 식탁 앞에서 일어나 부엌 창문을 반쯤 열었어. 그때 어둠 속에서 작고 파란 어떤 것이 포르르 날아와 부엌 창틀에 내려앉았어. 참새를 닮았지만 등과 날개가 온통 파랬어. 파랑새인가? 나는 중얼거렸어. 그것은 내가 가까이서 들여다보고 있는데도 달아날 생각을 하지 않았어. 나는 한참을 그것과 눈을 마주쳤어. 그리고 나도 모르게 물었지. 엄마야? 파랑새는 창틀 위에서 딱 두 걸음 폴짝거리더니 왔을 때처럼 가볍게 어둠 속으로 사라졌어.

네가 들려주는 엄마의 이야기가 내 등을 타고 귓속으로 흘러들었다. 네가 말할 때마다 네 안의 대롱을 통과하는 공기가 내 몸에 진동했다. 지형이었던 너의 몸이 어느새 악기가 되어 내 몸까지 울렸다. 너는 보드랍고 따뜻한 어린 새처럼 내 살에 대고 날개를 퍼덕거렸다. 그것은 아마 유리새였을 것이다. 칠보처럼 푸른빛 날개를 가진 작고 아름다운 새. 그 새는 정말로 너의 엄마였을까? 너는 내 의문을 감지한 듯 내 등에 턱을 세 번 쿡쿡쿡 찧었다. 그 새는 집 주변에서 한 번도 본 적 없는 희귀한 새였고 늦은 밤 사람들이 잔뜩 모여 있는 집에 겁 없이 날아드는 새가 있을 리도 없잖아. 그것만으로 충분한 증거일까? 나는 속으로 의심했다. 너는 내 의문을 간파한 사람처럼 덧붙였다. 그 새가 엄마라는 확실한 증거가 있어. 새가 날아오기 전 부엌에 혼자 앉아 내가 뭘 하고 있었는지 알아? 나는 속으로 몇 번이나 엄마를 불렀어. 엄마. 엄마. 엄마. 보고 싶어요. 그 새는 기적이 아니라 간절한 부름에 대한 응답이었던 거야. 나는 누운 채로 몸을 돌려 너를 마주 보았다. 네 눈에 눈물이 고여 있었다. 나는 너의 눈시울에 입을 맞추고 그 맑고 따뜻한 물을 새처럼 받아 마셨다. 그러니까 나는 기도의 힘을 믿어. 너는 이렇게 중얼거리고 곧 내 가슴 사이에 얼굴을 묻은 채로 잠들었다. 나는 너의 정수리에 턱을 올린 채로 너를 좀 더 힘주어 끌어안았다. 네 입에서 잠꼬대 같은 흐느낌이 흘러나왔다. 그날 나는 잠든 너를 안고 한숨도 잘 수 없었다. 너의 간절한 부름을 생각했다. 내가 부를 이름들을 생각했다. 너의 몸을 탐색하는 사이 교묘하게 감추었던 내 몸을 생각했다. 임신 중 급격하게 체중이 늘어나면서 허벅지와 엉덩이 아래쪽에 새겨진 튼살을, 치골 바로 위쪽에 생긴 한 뼘의 제왕절개 수술 자국을. 조산으로 태어난 아이는 1년을 채 못 살고 떠났다. 아이는 유리새처럼 작고 따뜻했다. 너처럼 간절하게 불렀더라면 아이도 새든 뭐든 어떤 몸을 빌려 잠시 나를 보러 와주었을까?

—

하코다테에서 보낸 일주일 동안 우리는 연인이었다. 너의 도시에서도 나의 도시에서도 할 수 없었던 일이 그 도시에서는 가능했다. 아침 일찍 시장에 찾아가 신선한 해산물 덮밥을 먹고 세 가지 언어로 맛있어!를 연발했다. 네가 내리는 커피보다는 맛이 없었지만, 항구 특유의 습기가 고인 커피 향을 맡으며 카페 창 너머로 정박 중인 배를 구경했다. 유명한 치즈 수플레를 서로 떠먹여주었다. 눈밭에 한 사람의 발이 빠지면 꺼내주는 척하며 끌어당겨 안았다. 한 그릇의 청귤 소바를 나눠 먹으며 까르르 웃었다. 걸핏하면 서로의 뺨을 어루만졌다. 로프웨이를 타고 하코다테산에 올라가 야경을 보았다. 불꽃놀이가 펼쳐졌던 날에는 저 멀리 검은 물 위로 주황색 불꽃이 밤의 태양처럼 쏘아 올려질 때마다 입을 맞추었다. 그런 우리를 이상한 시선으로 흘끔거린 사람들이 있었는지 모르지만, 우리는 오직 상대방만 보느라 다른 시선은 알아볼 수 없었다. 신들의 언덕 아래에서 우리는 인간끼리 맘껏 사랑했다.

신치토세공항에서 우리는 헤어졌고 다시는 만나지 못했다. 팬데믹이 시작되면서 하늘길이 끊겼다. 그러나 우리가 만나지 못했던 것이 단지 코로나 때문이었을까? 우리의 사랑이 오직 그 도시에서만 가능했다는 사실이 균열의 시작은 아니었을까? 나는 의심하며 내 나라의 팬데믹 시절을 힘겹게 지나갔다. 어쩌면 우리는 다시 만나지 못해서 제대로 헤어지지도 못하는 거라고 가끔씩 생각하면서.

코로나 시국의 교육 현장은 소금밭보다 더 황폐했다. 교육청

방침이 하루가 다르게 바뀌었고 현장 교사들은 방침에 맞게 실무를 조정하느라 지쳐갔다. 비대면 수업과 대면 수업을 일주일씩 번갈아 치르느라 수업안을 이중으로 짜야 했고 최전선에서 학생들을 지켜야 한다는 책임감 때문에 연일 긴장 상태로 지내야 했다. 학년에서 확진자라도 나오면 불안에 떠는 다른 학생들과 학부모를 달래는 한편 일주일에 몇 번씩 선별진료소를 찾아가 PCR 검사를 받아야 했다. 하루 업무를 마치고 늦은 밤 겨우 잠자리에 들라치면 온몸이 소금 알갱이로 산산이 부서지는 악몽에 시달렸다.

꽤 오랜만에 네가 메일을 보내왔다.

관광객이 사라지자 먹이가 부족해진 사슴들이 주택가로 내려와 쓰레기통을 뒤지고 있어. 이곳에서 사슴은 신으로 추앙되어 왔는데, 팬데믹이 신들의 권위를 쓰레기통에 처박았어. 우리의 사랑을 목격했던 하코다테 언덕의 신들도 지금 먹이를 찾아 언덕을 내려오고 있을까? 당신이 보고 싶어요.

이날은 몸이 젖은 빨래처럼 무거웠는데도 쉬 잠들지 못하고 뒤척였다. 몸에 닿는 이불이 밤새도록 까끌거렸다. 나는 네가 보낸 메일을 지우고 휴지통까지 말끔히 비웠다. 나는 답장하지 않왔다. 그렇게 또 1년이 흘렀다. 그사이 내가 맡은 학급에 확진자가 열 명이나 나왔고 동료 교사들 가운데서도 확진자가 나왔다. 애써 버텨왔던 둑이 한순간 툭 하고 무너지는 기분이었다. 네가 보낸 메일을 지우지 말걸 생각했다. 당신이 보고 싶어요. 이 문장을 눈으로 확인하고 싶었다. 동시에 나의 비겁함이 미웠다. 나의 마음이 전해진 걸까? 너는 오랜만에 메일을 보내왔다. 나는 빈 교실에 혼자 앉아 노트북으로 너의 메일을 열었다. 네가 보낸 메일은 온통 너의 나라 언어로 되어 있었다. 한 글자도 알아볼 수 없었다. 해독 불가한 문장들이 튀어 올라 나의 뺨을 때리는 것만 같았다. 나는 한참 후에야 번역기를 떠올렸다. 네가 보낸 문장들을 복사해 번역기에 넣고 나의 나라 언어로 변환시켰다.

테레즈의 입술은 벌어져 말할 수 없었지만 그녀의 마음은 너무 멀었다. 그녀의 마음은 먼 지점에 있었고, 먼 소용돌이가 어둑어둑 빛나고 있는 무서운 방 안에서 두 사람이 필사적으로 싸우는 것처럼 보이는 현장에 번뜩이고 있었다. 그녀의 마음이 소용돌이치고 있는 곳에서 그녀는 절망이 그녀를 두렵게 하고 다른 것은 아무것도 없다는 것을 알고 있었습니다. 그것은 로비체크 부인의 병든 몸과 가게에서의 일,

트렁크 속의 드레스 쌓기, 추함, 그리고 그녀의 삶의 끝이 완전히 구성되어 있는 절망이었다. 그리고 내가 되고 싶었던 사람이 되고 싶은 일을 한다는 내 자신의 절망감입니다. 그녀의 삶은 꿈에 불과했을까, 그리고 이는 현실이었을까. 늦기 전에 드레스를 벗어 던지고 도망치고 싶어진 것은 절망의 공포였고 사슬이 그녀 주위에 떨어져 자물쇠가 잠기기 전이었습니다.

이미 늦었을 수도 있어요. 악몽처럼 테레즈는 하얀 슬립을 입고 방에 서서 떨고 움직일 수 없게 됐다.

개별의 단어는 알아볼 수 있었지만 어떤 문장도 말이 되지 않았다. 문장과 문장 사이는 심하게 어긋나 있었고 문장과 의미가 닿지 못하고 불화했다. 문단 전체가 허술하게 삐걱거렸다. 이게 과연 무엇인가? 너는 어쩌자고 이런 문장들을 너의 나라 언어로 써서 내게 보냈는가? 세 번쯤 읽었을 때 비로소 깨달았다. 이것은 너의 카페에 꽂혀 있었던 《소금의 값》 원서의 도입부 일부였다. 나는 마음이 급해져서 얼른 인터넷 서점에 들어가 《소금의 값》 영어 원서와 우리말 번역서 《캐롤》을 전자책으로 샀다. 그리고 네가 보내준 부분을 각각 찾아보았다. 우선 영어 원서에서 그 부분을 찾아 번역기에 넣고 돌렸다.

테레즈는 입을 열었지만 마음은 너무 멀었다. 그녀의 마음은 아득한 지점에 있었고, 희미한 불빛이 비치는 무시무시한 방에서 벌어지는 먼 소용돌이에 있었다. 두 사람이 필사적으로 싸우고 있는 것 같았다. 그리고 그녀의 마음이 소용돌이치는 순간, 그녀는 절망감이 그녀를 두렵게 한다는 것을 알았다. 다른 것은 아무것도 아니었다. 그것은 로비체크 부인의 병든 몸과 가게에서 하는 일, 트렁크에 쌓인 드레스, 그녀의 추악함, 그리고 그녀의 삶의 끝자락에 대한 절망이었다. 그리고 그녀가 되고 싶었던 사람이었던 것, 그리고 그 사람이 할 일을 했던 것에 대한 그녀의 절망감. 그녀의 모든 삶은 꿈일 뿐이었고, 이것이 진짜였을까요? 더 늦기 전에 옷을 벗고 도망가고 싶게 만든 것은 이 절망에 대한 공포였다. 쇠사슬이 그녀 주위에 떨어져 잠기기 전에 말이다.

이미 너무 늦었을지도 몰라. 악몽에서처럼, 테레즈는 하얀 슬립을 입은 채 방 안에 서서 몸을 떨며 움직일 수 없었다.

문장과 의미의 사이가 한결 가까워졌다. 문단이 덜 삐걱거렸다. 그러나 여전히 마감이 매끄럽지 않은 가구를 만지다가 손끝에 가시가 박히는 기분이었다. 나는 한국어 번역서를 찾아보았다.

테레즈는 입을 열어 말하려 했지만 뭐라 해야 할지 정신이 아득했다. 정신이 저 멀리 달아나버렸다. 저 멀리서 소용돌이가 일더니 어두침침하고 섬뜩한 방 안에 무대가 펼쳐졌다. 두 여인이 참담한 전장 안에 서 있는 듯했다. 달아난 정신은 소용돌이 안에 몸을 숨겼다. 그 안을 들여다보니 절망감이 보였다. 테레즈가 두려운 건 바로 절망감이었다. 백화점에서 일하는 로비체크 부인의 지친 몸이 뿜어내는 절망감. 트렁크 안에 잔뜩 쑤셔 넣은 드레스에서 흘러나오는 절망감. 로비체크의 못생긴 외모에 찌든 절망감. 삶의 마지막 순간까지 보잘것없는 처지일 수밖에 없는 부인의 절망감. 이뿐 아니었다. 테레즈의 절망감까지 보였다. 원하는 모습이 되어 원하는 직업을 갖고픈 테레즈의 절망감. 테레즈의 인생은 그저 일장춘몽일 뿐, 이게 진짜일까? 이런 두려운 절망감이 엄습하자 테레즈는 너무 늦기 전에 드레스를 벗어 던지고 도망가고 싶었다. 온몸이 쇠사슬에 칭칭 감겨 붙들리기 전에.

어쩌면 이미 늦었을지 모른다. 악몽을 꾸듯 테레즈는 방 안에서 하얀 슬립만 걸친 채 몸을 파르르 떨며 움직이지 못했다. *

• 퍼트리샤 하이스미스,《캐롤》, 김미정 옮김, 그책 2016.

나는 방과 후 빈 교실에서 세 개의 다른 구문을 몇 번이고 번갈아 읽었다. 구절을 통째로 비교하다가 문장 몇 개씩 끊어서 비교하다 낱말 단위로 비교했다. 그렇게 샅샅이 읽고 비교하고 해독해보아도 네가 왜 하필 이 구절을 내게 보냈는지는 알 수 없었다. 길지 않은 문단 속에 반복해서 등장하는 '절망감'이라는 단어가 키워드일까? '어쩌면 이미 늦었을지 모른다'가 핵심 문장일까? 테레즈는 너일까? 늙고 추한 로비체크 부인은 혹시 나를 말하는 걸까? 너의 번역은 무엇을 향하고 있을까? 알 길이 없어 나는 절망했다. 교실 너머로 벌써 해가 지는 게 보였다. 하늘의 뺨이 붉어지고 있었다. 노을에 대고 너의 이름을 몇 번 불렀다. 잠시 후 나는 노트북에 창을 두 개 분할해서 띄웠다. 하나는 영어 원서 전자책, 또 하나는 한글 프로그램이었다. 나는 그날 교문이 굳게 닫히는 것도 모르고 늦도록 《소금의 값》 원서를 내 식으로 번역했다.

우리의 번역 릴레이는 1년 동안 이어졌다. 내가 한국어로 옮긴 문단들을 그대로 메일로 보내면 너는 그다음에 이어지는 문단부터 일본어로 옮겨 보냈다. 번역의 속도는 느렸고 그 질 역시 말할 것도 없이 거칠었지만 우리는 어찌어찌 아무도 시키지 않은 이 숙제를 묵묵히 치러나갔다. 그사이 팬데믹 상황은 나날이 심각해졌고 오미크론이 기승을 부리는 동안에는 학급에도 확진자 수가 비확진자 수를 훌쩍 뛰어넘을 정도로 늘었다. 교사들도 점점 확진이 늘어 자가격리로 결근하는 이들이 많아졌고 그들을 대신해 부담임 역할을 맡거나 대리 수업을 해야 하는 일도 늘었다. 그러는 사이 우리가 주고받는 번역문 안에서 테레즈는 사랑에 빠지고 캐롤은 고통받고 두 사람은 함께 여행을 떠났다. 번역이 모두 끝난 날 나는 일본어와 한국어로 번갈아 옮겨진 소설 전문을 편집해 인쇄했다. 프린터가 막 토해낸 종이 뭉치를 들고 너의 언어로 인쇄된 도입부 문장을 손끝으로 만져보았다. 문장은 따뜻했다. 나는 종이를 한 장 한 장 넘겨가며 두 개의 언어를 보았다. 내가 옮긴 한국어 문장이 눈에 들어왔다.

그건 누구에게나 일어날 수 있는 일일 거야, 그렇지 않아?

순간 나는 어쩌지 못하고 아직 온기를 간직한 A4 종이 뭉치를 꼭 끌어안았다. 동료 교사들이 무심한 얼굴로 복사기 옆을 스쳐 지나갔다.

—

신들의 언덕에서 만나요, 네가 말했고

나는 너를 만나러 언덕길을 오른다.

지난겨울 또 한번의 동계올림픽이 열렸다. 고다이라 나오 선수가 출전한 스피드스케이팅 500미터 경기를 몇 년 전 은퇴한 이상화 선수가 해설했다. 4년 전 평창에서 올림픽 신기록을 세우며 금메달을 땄던 고다이라는 이날 17위로 결승선을 통과했다. 고다이라의 부진한 모습에 중계석의 이상화는 그만 울음을 터뜨렸다. 그 모습이 고스란히 방송을 탔다. 경기를 마친 고다이라가 한국의 중계진에게 서투른 한국어로 말했다. 안녕, 상화, 잘 지냈어? 보고 싶었어. 나는 오늘 안 좋았어. 누군가 트위터에 올린 그 영상을 보면서 나는 조금 울었다. 4년 전 고다이라와 이상화는 있는 힘껏 스케이트를 지쳤고 두 사람의 기록 차이는 불과 0.39초였다. 그들은 '나란히'에 가까운 모습으로 어떤 선을 함께 통과했다. 트랙을 돌며 관중석에 인사했고 언제부턴가는 둘이 어깨를 끌어안고 트랙을 돌았다. 두 사람은 한 번도 뒤를 돌아보지 않았다. 나는 한국어로 이상화를 찾는 고다이라의 영상을 네게 보냈다. 너는 곧바로 답장하지 않았다. 또 한 차례 해가 바뀌고 각국의 방역 지침이 느슨해지면서 올여름 너의 나라로 가는 하늘길이 열렸다. 네가 메일을 보냈다.

신들의 언덕에서 만나요, 그들의 뺨이 붉어지는 시간에, 너는 말했고 지금은 바로 그때. 나는 언덕길에 도열한 신들을 찾아가 처음으로 기도했다. 기도의 내용은 하나, 그러나 네가 올 때까지는 비밀이다. 나는 혼자 청귤 소바를 먹다가 절반이나 남겼다. 자꾸 문 쪽을 흘끔거리느라 헛배가 불렀다. 카페에 들어가 시원한 커피를 마시면서도 느긋하게 앉아 있지 못하고 서둘러 더운 공기 속으로 나갔다. 시간이 돌처럼 무겁게 흘렀다. 나는 멀리 가지도 못하고 그저 신들의 언덕 아래서 서성였다. 해는 쉬이 넘어가지 않았다. 너는 어디에서 나타날까? 나타나기는 할까? 네가 부르면 나는 0.39초보다 빨리 돌아볼 수 있을까? 무심코 뒤를 돌아보았다가 롯의 아내처럼 소금 기둥이 되어 굳으면 어쩌지? 네가 안으면 내 몸은 소금 알갱이로 부서져 내릴까? 우리는 하코다테의 겨울을 보았다. 지금은 여름. 나는 너의 모든 계절을 알고 싶다. 나는 두 개의 언어로 번갈아 옮겨진 소설을 책으로 만들어 왔다. 표지는 하얀색. 큼직한 글씨체의 두 언어로 제목을 인쇄했다. '소금의 맛'. 너는 왜 하필 제목에 오타를 냈느냐고 물을지도 모른다.

저기 성공회 교회당 회벽이 붉어지기 시작한다. 관광객들이 사진을 찍으려고 몰려든다. 나는 언덕을 등지고 서서 아래를 바라본다. 저 밑에 한 조각의 푸른 바다가 보인다. 여름의 바다는 겨울의 바다와 다른 언어로 출렁인다. 나는 새처럼 너의 언어를 받아 마실 것이다. 잠시 흐릿해진 시야에 희고 붉은 어떤 것이 들어온다. 너의 붉은색 치맛자락이 씩씩하게 흔들린다. 너와 나는 지금 마주 보고 있다. 다행이다. 누구도 뒤돌아볼 필요가 없다. 네가 나를 알아보고 손을 흔든다. 나는 양팔을 벌린다. 네가 달려온다. 누구도 소금 기둥이 되지 않는다. 아무것도 사라지지 않는다.

작가 노트

예수는 알았다, 기도하는 것은
사람을 짊어진 사람이 되는 것임을.
_앤 섹스턴, 〈걷는 예수〉•

사랑은 상대방의 언어를 이해하고자 애쓰는 불가능한 일의
시도라고 생각했다. 거칠게 말하자면 사랑의 출발은 해석이고
그 행위의 이름은 번역이라고. 뙤약볕이 내리꽂는 마른 강바닥
을 건너는 꿈을 꿨다. 갈증으로 온몸이 타는 것 같았다. 깨어나
니 창밖에 장대비가 쏟아지고 있었다. 잠에 뒷덜미를 잡힌 채

• 앤 섹스턴, 《저는 이곳에 있지 않을 거예요》 중 〈걷는 예수〉, 신해경 옮김, 봄날
의책 2021.

생각했다. 가뭄의 갈증을 견디는 것과 범람 직전의 강을 건너는 위태로움 중 어느 쪽이 더 사랑에 가까운가. 꿈속의 마른강은 달의 뒷면이었다.

절대적 불가능성과 맞닥뜨릴 때 우리는 기도를 떠올린다. 그러나 기도는 약한 자의 도피처가 아니다. 기도는 돌파를 염두에 둔 강한 행위다. 기도는 당신에게 닿기 위해 마른 강바닥을 맨발로 건너는 일이어야 한다. 우산 없이 폭우를 뚫고 너에게 달려가는 일이다. 그러므로 나는 함부로 기도할 수 없다. 앤 섹스턴의 말처럼 기도는 '사람을 짊어진 사람이 되는 것'이므로. 그 무거움을 감당할 수 있으리라는 자기 확신이 필요하므로.

기도하는 사람, 번역하는 사랑의 이야기를 쓰는 내내 기도 대신 자문했다. 지금 네가 입력한 그 단어가 진정 최선의 단어가 맞느냐고. 가격이 40퍼센트나 훌쩍 뛰었다는 종이를 채우기에 부끄럽지 않은 문장이냐고. 어쩌면 이 소설은 내 기도의 실패일지도 모른다. 다만, 소설 속 두 사람은 실패로 범람하는 마른강을 무사히 건넜으면 좋겠다. 꼿꼿하게. 묵묵하게. 한 방향으로. 가끔 서로의 얼굴을 바라보면서. 이것 하나가 내가 건넬 수 있는 무람한 기도의 말이다.

이주혜

소설집 《그 고양이의 이름은 길다》, 장편소설 《자두》 등이 있다.

늦여름 매미 晚蟬

1.

    사보이 호텔에서 오른쪽으로 코너를 돌면 가로 면적이 좁은 2층 건물이 있다.

    로즈다방은 그 건물 2층에 있었다. 2층이지만 창이 없어 한낮에도 어둑하고, 테이블은 고작 여덟 개뿐이라 합석해야만 겨우 자리에 앉을 수 있던 작은 다방임에도 1975년 그곳은 언제나 사람으로 붐볐다.

    로즈다방. 정미는 로즈라는 촌스러운 상호를 다른 것으로 바꾸자고 했지만, 어머니는 의견을 굽히지 않고 간판을 달았다. 덩굴장미가 만발하던 유월이었다. 한철 바짝 벌어 강남으로 이전하겠다는 포부를 품고 어머니는 있는 돈 없는 돈 끌어모아 명동에 있는 다방을 인수했다.

정오부터 통금 사이렌이 울리기 전까지. 낮에는 어머니 혼자홀을 맡고, 저녁부터는 대학 졸업반이던 정미가 일을 도왔다. 그해 여름엔 더위가 일찍 왔다. 어찌나 푹푹 쪘는지 길을 걷다 일사병으로 쓰러지는 이들도 있었고, 등목을 하며 더위를 견디는이들도 종종 보였다. 반소매에 미니스커트를 입으려다 복장 단속에 걸릴까 싶어 억지로 긴바지를 입던 스물셋의 자신을 정미는 지금도 기억하고 있다.

다방의 열기는 바깥과 다르지 않았다. 통풍조차 되지 않아 때로는 밖보다 더 후끈거리기도 했다. 그나마 더위를 식혀주었던건 천장에 붙은 실링팬뿐이었다. 팬이 잔잔히 돌아가는 후덥지근한 실내에서 손님들은 더운 줄도 모르고 서로 엉겨 붙어 입을맞추고, 끈적한 밀담을 주고받으며 웃었다. 다 식은 커피를 앞에 둔 채 사랑을 나누는 남성과 여성, 그리고 여성과 여성……. 어머니는 애써 못 본 체했지만, 정미 앞에선 그들을 턱짓으로 가리키며 혀를 찼다.

쟤들은 어쩌다 저렇게 되었는지.

그들 덕분에 벌이를 이어가면서도 어머니는 항상 그들을 못마땅해했다. 어머니는 그들을 바지 씨와 치마 씨라고 불렀다.

남자보다 더 짧은 머리를 한 중성적인 여성들을 바지 씨, 그들과 어울려 다니는 여성들은 치마 씨. 로즈다방이 어쩌다 그들의 아지트 격이 되었는지 그 경위는 몰랐지만, 그들은 자주 들러 차를 마시고, 정미의 어머니를 아주머니나 사장님 대신 여옥 씨, 여옥 씨 하고 넉살 좋게 불렀다. 가게 입구에 방명록을 가져다 둔 것도 그들이었다. 그들은 빠짐없이 방명록을 작성했다.

'명진 이곳에 오다' 같은 자기 표출적인 글부터 '우리에게도 평화로운 미래가 올 거야' 같은 낙관적인 멘트까지.

어머니가 그것을 몰래 치워두어도 어느 틈엔가 방명록으로 쓸 다른 대학 노트를 가져와 일상을 기록하고, 흔적을 남겼다.

그들은 어머니뿐 아니라 정미에게도 친근히 굴었다. 작은 키로 종종거리며 서빙을 하고, 짓궂은 말에 금세 얼굴을 붉히는 정미가 귀여웠는지 간혹 농담 섞인 추파를 던지기도 했다.

정미, 우리 연애할까.

장난치지 마요.

손사래를 치며 받아넘겼지만, 뒤돌아서는 정미의 귀는 늘 발갛게 물들어 있었다. 어머니의 영향이었는지 모르지만, 바지 씨들을 보고 있노라면 복잡한 마음부터 들었다.

어떻게 저런 말과 행동을 무람없이 할 수 있을까. 여자가 같은 여자에게.

정미가 그들의 말을 군소리로 여기며 저들과 자신을 다른 사람이라 단정 지은 것도 그 때문이었다.

그녀를 만난 늦여름 전까지는.

그녀는 부드러운 크림을 듬뿍 얹은 비엔나커피를 즐겨 마셨다. 해가 지고 난 뒤 다방에 들러 늘 그러듯 비엔나커피를 주문했고, 피로가 잔뜩 묻은 얼굴로 자양강장제 마시듯 커피를 들이켰다. 차림새는 언제나 비슷했다. 감청색 체크 셔츠에 청바지, 뒤축이 다 꺾인 운동화. 바리캉으로 양옆과 뒤를 바짝 민 상고머리를 매만지며 그녀는 구석 자리에서 문고판 시집을 읽기도 하고 꾸벅꾸벅 졸기도 했다. 혼자 오는 손님은 많았지만 책을 읽는 손님은 흔치 않았다. 졸다 깨길 반복하면서도 부지런히 책장을 넘기는 그녀가 재미있기도 했고, 궁금하기도 했다. 뭘 저리 유심히 읽는 걸까. 다른 바지 씨들에 비해 잔잔하고 차분한 그녀에게 눈길이 가기는 했지만, 그것이 연애 감정이나 척애에 닿아 있지는 않았다. 호기심. 그녀에게 비롯된 감정은 그것뿐이라고 정미도 생각했다. 처음에는.

하루는 그녀가 커피를 리필해달라고 부탁한 뒤 화장실로 향했다. 다 마신 잔에 커피를 따르는데, 문득 테이블 위에 펼쳐진 방명록이 정미의 눈에 띄었다. 정미는 자리에 앉아 백지에 적힌 글귀를 천천히 읽어나갔다.

서로 꼭 붙어 있는 우리 두 소녀
하나는 다른 하니와 절대 떨어지지 않아
길거리를 이리저리 함께 거닐고
북으로 남으로 짧은 여행을 떠난다네[•]

시구는 공백을 두고 끊겼다 다시 이어졌다.

손가락을 움켜잡고서, 두려움을 모르는 채 먹고 마시고
잠자고 사랑하네, 우리에겐 다른 결말이 펼쳐질 거야.

정미는 입술을 떼어 마지막 연을 한 자 한 자 발음했다. 우리에겐 다른 결말이 펼쳐질 거야. 풀밭에서 사랑을 나누는 두 소녀가 정미의 머릿속에 그려졌다. 주위를 의식하지 않은 채 서로의 몸을 끌어안고 밀어를 속삭이는 두 소녀. 다른 결말을 기다리는 두 소녀. 달콤한 침이 입 안 가득 고였다. 문장을 한

• 월트 휘트먼,《우리가 키스하게 놔둬요》중 〈서로 꼭 붙어 있는 우리 두 소년〉, 이성욱 외 옮김, 큐큐 2017을 변형.

번 더 되뇔 때, 뒤에서 인기척이 들려왔다. 그녀가 서 있었다. 언제부터 거기 있었는지 알 수 없었다. 머릿속이 뒤엉켜 안절부절못하는 정미에게 그녀는 말했다.

내가 가장 좋아하는 시예요.

의뭉이나 냉소가 섞이지 않은 맑은 얼굴로 그녀는 정미를 향해 웃어 보였다. 정미의 심장이 빠르게 뛰었다. 불순한 상상을 전부 들켜버린 것 같아 대답도 변명도 못 한 채 방명록을 들고 급히 카운터로 향했다.

커피를 마시지도 않았는데 평소보다 더 몽롱하고 두근거려 일에 집중이 안 되었다. 차를 탈 때도, 다른 손님들의 주문을 받을 때도 정미는 자신도 모르게 그녀 쪽을 힐끔거렸다. 마주칠 때마다 시선을 피하지 않고 똑바로 주시하는 그녀와 달리 정미는 자꾸 눈을 피했다. 입 안이 바싹 마르고 귓불이 달아올랐다. 마음이 이상하게 일렁였다. 그녀의 눈길이 부담스러우면서도 한편으론 조금 더 대화를 나누고 싶었다. 양가적인 감정이 혼재하는 와중에 그녀가 다가와 느닷없이 말을 붙였다.

성냥 있어요?

가까이서 본 그녀는 눈 아래 다갈색 점이 두 개 있었고, 입술이 붉고 도톰했다. 정미는 카운터에서 성냥을 꺼내 그녀에게 건넸다. 잠시 손이 스쳤고 살갗의 거칠함이 전해졌다. 그녀는 성냥을 건네받은 뒤 앉아 있던 자리로 되돌아갔다. 그뿐이었지만, 정미에게는 그 순간이 길고 아릿하게 느껴졌다. 거친 손등, 굵은 손가락 마디, 그와 대비되는 부드럽고 나긋한 저음의 목소리.

그날 정미는 실수를 많이 했다. 쌍화차 위에 말린 대추와 잣을 얹는 대신 땅콩을 잔뜩 뿌리고, 주문까지 연달아 잘못 받았다. 그런 정미에게 어머니는 소리쳤다.

정신머리를 어디 두고 일하냐?

정미의 시선은 줄곧 다방 가장 구석자리에 앉은 그녀에게 향했다. 무료한 표정으로 성냥을 쌓는 그녀를 힐끗대었다. 성냥으로 만든 탑은 금세 무너질 것 같았지만, 그녀는 성냥을 쌓고 또 쌓고 있었다.

영휘.

그림자 영에 빛 휘를 써서 영휘. 직접 지은 이름이라고 그녀는 말했다.

원래 이름은 뭐였는데.

묻는 정미에게 영휘는 짧게 답했다.

잊었어. 나랑 어울리지 않기도 했고.

영휘는 일주일에 서너 번은 꼭 다방에 들렀다. 여름 하늘이 옅은 보랏빛으로 서서히 물드는 시간. 그 시간에 영휘는 다방 문을 열었고, 정미는 그 순간을 놓치지 않으려 학교가 끝나자마자 버스를 갈아타고 다방을 향해 뛰어갔다.

동갑내기인 그들은 낯을 익히고 말을 놓으며 차츰 가까워졌다. 그녀의 이름이 영휘란 것도 그러며 알게 되었다.

하루는 다방 구석자리에서 시집을 읽던 영휘가 정미에게 조용히 말을 붙였다.

창이 하나 있으면 좋겠어.

그녀는 엄지와 검지로 작은 사각형을 만든 뒤, 남동향으로 손을 옮겼다.

저기쯤 있었으면.

마치 혼잣말 같아서 정미는 물을 수 없었다.

왜 창이 있었으면 좋겠는데?

이런 말도 덧붙이지 못했다. 나도 늘 그쪽에 창이 있었으면 했어.

또래 남자에게선 한 번도 느껴보지 못했던 긴장감이나 열띤 흥분, 기분 좋은 고양감이 영휘와 함께 있을 때는 어렴풋이 느껴졌다. 어머니의 눈총 때문에 원활히 대화를 나눌 수 없었지만, 짧은 말 한마디에도 마음을 동하는 상대가 있다는 것이 기뻤다.

정미는 영휘의 개인사에 대해서 속속들이 알 만한 기회가 없었다. 속 깊은 대화라도 나눌라치면 어머니가 다가와 커피잔을 빼앗아 들고 눈치를 주었으니까. 영휘에 대한 정보들은 추측과 소문으로 얼기설기 짜 맞추어야 했다. 공사판에서 막일을 한다는 것(이것은 소문), 돈이 모이면 시집을 사 모으는 탐독가라는 것(이것은 추측), 그리고 헤어진 연인과 간혹 만난다는 것.

영휘는 그 여자를 선배라고 불렀다. 선배라고 불리던 여자가 언젠가 로즈다방에 들른 적이 있었다. 선배 곁에는 다른 남자가 있었다. 선배가 다방에 들어섰을 때 미세하게 일그러지던 영휘의 표정, 신경 쓰지 않으려 하면서도 자꾸 그쪽으로 향하던 시선.

영휘는 구석에 앉아 성냥으로 탑을 쌓고, 선배는 같이 온 남자와 커피를 마시며 담배를 나누어 피웠다. 테가 굵은 잠자리 안경 때문인지, 유순한 눈매 때문인지는 몰라도 선배는 그저 범상하고 착실하게만 보였다. 바지 씨들 사이에서 공공연히 지칭되던 악녀나 탕자 같은 멸칭과 상반될 정도로. 남녀를 가리지 않고 쉴 새 없이 상대를 바꾼다고 해서 선배는 악녀로, 탕자로 불렸다. 상처받은 사람이 많았고 영휘도 그런 이들 중 하나라고 바지 씨들은 이야기했다. 참인지 거짓인지 알 수 없었으나, 그 세계에서 선배가 안 좋게 입 밖에 오르는 건 사실이었다.

한참 만에 선배가 영휘 쪽으로 다가와 인사를 건넸다.

잘 지냈어?

응, 선배는?

난 비슷해. 그때나 지금이나.

그들은 심상히 안부를 주고받았으나, 정미는 어렴풋이 둘에게 아직 감정이 남아 있음을 느꼈다. 일말의 미련, 쓸쓸한 사랑의 뒷맛 같은 것들.

선배가 남자의 팔짱을 끼고 다방을 나서는 것을 멀거니 지켜보다 영휘는 자리에서 일어섰다. 테이블이 들썩였고, 미세한 진동이 일어 영휘가 쌓아 올린 성냥 탑이 와르르 무너져 내렸다. 테이블 위에 흩어진 성냥을 다시 쌓아 올릴 생각도 않은 채 영휘는 그들이 떠난 자리를 물끄러미 바라보았다.

무더위가 어느 정도 가시고, 나뭇잎이 색을 바꾸는 중에도 로즈다방은 여전했다. 바지 씨와 치마 씨들이 드나들었고, 어머니는 꾸준히 그들을 언짢아했지만, 내쫓거나 면박을 주지는 못했다. 그들 없이는 벌이가 변변찮다는 것을 어머니도 알고 있었다. 다방이 꽉 차 있으면 근처 주점에서 하염없이 대기하다 자리가 났다는 소식을 듣고 서둘러 뛰어오던 손님들이 있었다. 그들이 마음껏 은어를 나누고 사랑을 속삭이고 만남을 이어갈 수 있던 공간은 근방에도, 그 너머에도 흔치 않았다.

아니꼬워도 어쩌겠냐. 불법적인 일만 안 저지르면 되지, 뭐.

근처 다방에서 대마를 피우던 바지 씨들이 줄줄이 잡혀간 소식을 전하며 어머니는 한숨을 쉬었다. 어머니는 정미에게 그들을 잘 단속하라 당부하곤 했다. 어머니의 유난스러움을 탓하면서도 정미는 남모르게 의심과 불안이 섞인 눈으로 그들을 바라보곤 했다.

그들은 간혹 세운상가에서 빽판을 구해 왔다. 이장희나 한대수, 김추자의 음반들이었고 죄다 금지곡들이었다.

금기시되던 것들이 많던 시절. 어떤 곡은 배금주의를 조장한다는 이유로, 어떤 곡은 퇴폐적이라는 이유로 금지되었다. 양희은의 〈이루어질 수 없는 사랑〉도 그런 이유로 금지된 곡 중 하나였다.

언젠가는 누가 그 곡이 담긴 LP판을 가져왔다.

정미, 이것 좀 틀어줘.

어머니가 질색했기에 정미는 그녀가 저녁 예배에 가 자리를 비울 때만 몰래 청을 수락했다.

이번 한 번만이에요.

정미는 판을 축음기에 올려놓았다. 바늘이 내려오고 곡이 재생되자 다방 안에 모여 있던 이들이 하나둘 숨을 죽였다. 듣는 것만으로도 불온이 되고, 죄가 되는 곡.

돌아서는 나에게 사랑한단 말 대신에 안녕, 안녕 목 메인
그 한마디.[*]

금지된 곡을 들으며 저마다 침묵에 잠긴 이들 가운데 영휘도
있었다. 그녀의 얼굴에 그늘이 드리워져 있었다. 얼마 전 선배와
마주했을 때의 표정과도 닮아 있었다.

쌓았다가 부수고 또 쌓은 너의 성 부서지는 파도가 삼켜
버린 그 한마디.

쓸쓸한 노랫말이 가게 안에 가득 퍼졌다. 사람들이 노래에 집
중하는 동안에도 정미는 영휘를 바라보았다. 눈을 지그시 감고
울음을 참는 그녀를 가만히. 오랜 세월이 지난 뒤에야 정미는
알게 되었다. 그때 자신의 마음속에선 이미 어떤 충동이 일었고,
그것은 불온이 될 수도, 다른 결말이 될 수도 있는 것이었다고.

곡이 클라이맥스에 다다랐을 때, 다방 문이 열렸다. 저녁 예배
에서 돌아온 어머니가 자리에 우뚝 멈춰 선 채 사람들을 쏘아보
고 있었다. 담배 연기가 자욱한 다방 안에서 금지 가요를 듣는
무수한 이들을 하나하나. 어머니의 얼굴이 붉으락푸르락 달아

[*] 김정신 작사 · 작곡, 양희은 노래, 《이루어질 수 없는 사랑》, KOMCA 승인필.

올랐다.

정미는 서둘러 축음기를 껐다. 판 긁히는 소음이 크게 났다.

2.

그 노래를 다시 들을 수 있게 된 건 1987년 여름이었다. 그해 항쟁 이후 〈이루어질 수 없는 사랑〉은 해금되었다. 정미가 로즈다방을 물려받은 것도 그 여름의 일이었다. 결혼을 한 지 10년이 다 되어가던 무렵이었고, 연년생이었던 아이들 중 작은애가 국민학교에 들어가던 시점이었다.

그해 봄, 정미의 어머니는 세신을 받다 유방에 멍울이 있다는 것을 발견했다. 양성 종양인 줄 알았지만, 검사를 해보니 악성이었고 급히 수술을 했다. 다년간은 안정을 취해야 한다는 의사의 소견대로 어머니는 다방을 넘기기 위해 한동안 품을 팔았다. 한때는 발바닥 땀나게 벌어 강의 남쪽으로 가게를 이전하겠다는 소망을 품기도 했으나, 그쪽 땅값이 폭등하며 그것도 옛꿈이 되었다.

가게를 내놓을 즈음엔 금융회사와 쇼핑몰이 여의도나 강남으로 이전해 명동도 이전만 못하게 되었다. 아무리 계산기를 두드려도 팔면 득보다는 실이 큰 가게를 어머니는 정미에게 인계하고자 했다. 그녀는 권리금 대신 월세 격으로 다달이 수입의 일부를 떼어 달란 조건을 걸며 정미를 부추겼다.

애들도 머리 크면 일하는 엄마를 기꺼워하지, 노는 엄마 고깝게 여긴다. 분명 그런다, 두고 봐라.

어머니의 전언을 들은 남편은 걱정 섞인 목소리로 정미에게 물었다.

당신, 할 수 있겠어?

명동의 경기나 공시지가를 하나하나 따지며 남편은 정미를 만류했다.

나라면 못 해, 못 할 것 같아.

선을 통해 만난 남편은 겁이 많은 사람이었다. 무모나 패기와는 거리가 먼 사람. 성정이 조심스러워 사랑도 조심스럽게 하는 사람. 그의 곁에 있으면 정미는 자신이 덜 부끄러워졌다. 마음을 먹기도 전에 지레 겁을 먹고 주눅 들어 안녕(安寧)만을 택하는 자신을 견딜 수 있었다.

남편의 염려에도 불구하고 정미는 로즈다방을 인수했다. 가게를 인수한 뒤 정미가 가장 먼저 한 건 남동향으로 큰 창을 내는 일이었다. 투명한 유리로 되어 있는 여닫이창. 남산이 훤히 내다보이는 탁 트인 풍경을 기대했지만, 개구부 공사를 진행하는 중에 바로 앞으로 건물이 하나 들어서 풍광을 다 가로막았다. 조망은 형편없었으나 해가 저물 무렵이면 건물과 건물 사이로 한 폭의 빛이 비추어 들기는 했다.

영휘는 때로 그 빛 속에 가만 머물다 가곤 했다.

일부러 연락을 두절하거나, 소홀해지려 하지 않았는데도 정미가 결혼을 하고, 영휘가 전국을 돌며 건설 노동일을 하는 동안 소식이 뚝 끊겨 근 10년을 만나지 못했다. 돌고 돌아 서울로 다시 넘어온 영휘가 카페를 찾은 1990년 초여름에 그들은 재회했다.

여긴 많이 바뀌었다. 처음엔 다른 곳인 줄 알았어.

인테리어를 새로 해 배치도 달라지고 채광도 밝아진 로즈다방을 영휘는 이채롭다는 듯 둘러보았다.

상호까지 바뀌었으면 못 찾았을 거야.

1970년대만 해도 바지 씨와 치마 씨들로 바글대던 다방은 이제 대학생들과 직장인들이 찾는 커피숍으로 뒤바뀌어 있었다. 많은 것이 달라졌지만 전처럼 드나드는 바지 씨들이 잔존하기는 했다. 그들 중에는 남자와 혼인한 이들도, 독신으로 남아 있는 이들도 있었다. 전처럼 시시때때로 모일 여건이 되지 않아도 그들은 온양회(溫陽會)라는 이름의 정기모임을 만들어 보름이나 달에 한 번 안부를 나누었다. 영휘도 멤버 중 하나였다.

눈가에 주름이 지고 피부가 짙게 그을리긴 했지만, 그녀의 외양은 이전과 크게 다르지 않았다. 여전히 상고머리를 고수했으며, 셔츠에 품이 넉넉한 면바지를 입고 있었다.

넌 한결같다. 난 많이 변했는데.

아냐, 너도 내가 기억하던 그대로야.

영휘는 태연히 말했지만, 정미는 믿지 못했다. 아이를 둘이나 낳으며 둥글고 펀펀하게 변해버린 체형, 콧잔등이며 뺨을 덮은 기미와 주근깨, 근처 옷 가게에서 산 큰 사이즈의 보세 옷. 정미는 자신이 부끄러웠다. 세월이 만든 노화의 흔적들, 근사하지도 우아하지도 못한 재회가 무안했다.

혼기를 놓쳐선 안 된다는 어머니의 재촉에 선을 보고 결혼을 하고 아이까지 낳으며 정신없이 살아가던 중에도 정미는 간간이 영휘 생각을 했다.

어떻게 지내니.

아이를 키우는 여성들이 으레 그렇듯 정미에게도 연락이 끊긴 동창들이 몇 있었다. 망중한에 그들이 그리워지는 순간이 있었고, 그때마다 영휘도 따라 떠올랐다. 동창들을 떠올릴 때와 영휘를 떠올릴 때의 감정은 사뭇 달랐다. 전자가 애석함과 아쉬움만을 품고 있다면, 후자는 묘한 서글픔을 동반하고 있었다. 무언지 정확히 짚이지 않는 감정. 그것에 이름을 붙이려 애쓰다 정미는 포기해버렸다.

영휘는 다방 카운터에 놓인 방명록을 보며 화색을 감추지 못했다.

이게 아직도 있구나.

그녀는 펜을 들고 여백에 작은 글씨로 무어라 적었다. 정미가 보지 못하게 아주 작은 글씨로. 뭐라고 적었냐 묻는 정미에게 영휘는 환하게 웃으며 답했다.

나중에 찾아봐.

*

1990년 여름부터 로즈다방은 다시 바지 씨들의 아지트가 되었다.

때로 그들은 잔뜩 취한 채 가게에 들어섰고, 그때마다 정미에게 선곡을 요청했다. 김추자, 한대수, 이장희, 그리고 양희은. 이전에는 속으로 읊조리는 것조차 조심스러웠던 노래들을 그들은 마음껏 따라 불렀다.

돌아서는 나에게 사랑한단 말 대신에 안녕, 안녕 목 메인
그 한마디.

그들과 함께일 때 영휘는 넉넉해 보였다. 그 모습이 흡족하게 여겨지다가도, 그들을 노려보며 가게를 나서는 손님들과 마주할 때는 씁쓸해지곤 했다. 재수 없는 년들. 침을 뱉듯 그런 말을 내뱉으며 떠나는 이들이 있었다. 모욕에 익숙한 사람처럼 영휘는 무감히 상황을 무마하곤 했지만, 그녀의 침체된 표정, 복잡한 무드를 읽어나가는 정미의 마음은 좀처럼 맑아지지 않았다. 겉으론 내색치 않았지만 속으로는 그날의 손해와 적자를 따지고 있는 자신이 한심하게 여겨지기도 했고.

영휘와 온양회 멤버들은 주말에서 평일로 요일을 바꾸고, 정오에서 자정으로 시간대를 조정하며 꿋꿋이 모임을 유지했다. 밤 시간이 정미에게도 편했다. 가게 문을 닫고 그들에게 마음껏 공간을 내어줄 수 있었으니까. 누구의 눈치도 보지 않고 그들의 이야기를 들으며 어쩌다 한마디를 보태기도 하고 슬그머니 웃기도 하고.

가게를 인수하길 참 잘했지.

지금도 그때를 회고할 때마다 정미는 그렇게 느끼곤 한다. 그때가 자기 인생의 호시절이었다고. 그렇게 생각한 데는 영휘와 함께한 시간들이 큰 몫을 했다.

영휘는 모임이 시작되기 전부터 일찌감치 가게에 들러 멤버들을 기다렸다. 손님이 많아 영휘를 챙기지 못할 때도 있었지만,

한적할 때가 더 잦았고 그럴 때면 그녀와 함께 비엔나커피를 마시며 대화를 나누곤 했다. 영휘는 자신이 어떤 사람인지 잘 알았고, 어떤 정체성을 지녔고, 어떤 가치관을 가졌는지 오래전부터 깨달은 듯했다.

중학생 때부터 어렴풋이 느꼈어. 내가 여자를 사랑하는 사람이라는 걸. 또래 여성 앞에 서면 공연히 불편하고 말이 안 나오고 수줍어졌거든. 처음에는 부정했는데, 시간이 지날수록 그게 버거워지더라고. 그래서 받아들이기로 한 것 같아. 나는 이런 사람이구나, 하고.

그 시기에 두 사람은 많은 이야기를 나눴다. 계절에서 계절로 넘어가는 시기를 좋아하는 두 사람의 공통점, 영휘가 준비하고 있는 측량기능사 시험과 한동안 읽지 못한 시집들, 영휘가 가장 애정하는 '사포'의 시집, 지금 살고 있는 집 천장에 얼마 전부터 물이 새 걱정이라는 이야기, 단골 가게들에 대한 담론들.

영휘는 재담을 섞어가며 온양회 멤버들과 '레드옥스'에서 술을 마시고 주정을 부리다 명동 경찰서에 끌려간 이야기를, 남자로 오인받아 애써 기른 장발을 '신즈 볼링장' 근처에서 잘린 이야기를 이어갔다. 여성 전용 업소에 대해서도 설명했다. 동굴, 호야, 겨울 나그네…… 가게에서 그리 멀지 않은 곳들이었음에도 활동 반경이 좁은 정미에겐 그런 장소들이 다 이색적이었다.

'나란히'에 가봤어?

거긴 어떤 곳이냐고 묻는 정미에게 영휘는 바지 씨 전용 학사주점이라고 선선히 답했다. 손님의 99퍼센트가 여성이고, 바지 씨라는 영휘의 설명이 정미는 공연히 마음에 걸렸다. 정미에겐 아직 그런 곳에 드나들 용기가 없었다.

내가 가장 좋아하는 곳이야. 로즈다방 다음으로.

다음에 꼭 같이 가자고, 너랑 꼭 같이 가고 싶은 곳이라고, 말하는 영휘를 향해 정미는 힘겹게 고개를 끄덕였다.

일부러 그랬는지 몰라도 그들은 가족이나 동거인에 대한 이야기는 슬그머니 밀쳐둔 채, 그 안쪽만 맴돌았다. 정미와 영휘 사이 접점. 그 얇고 작은 점에만 집중하며 정미는 영휘에게 근접해갔다.

구월인데도 매미가 우네.

언젠가 영휘는 창문 쪽으로 머리를 둔 채 그렇게 말했다. 그녀는 여닫이창을 활짝 열어놓고 기분 좋게 바람을 맞고 있었다.

정말 매미가 우네.

영휘가 열어둔 창 앞에 서서 정미는 중얼거렸다. 밖에서 쯔―하는 매미 소리가 반복적으로 들려왔다. 그해에는 철이 다 지나서도 매미가 울었다. 울대를 끝까지 연 채 고유의 울음소리

를 내는 것이 아니라 쯔— 하고 울다 한참이 지난 뒤에야 다시
쯔— 하고 맥없이 울었다.

매미는 자기 울음소리를 못 듣는대.

왜?

울음소리가 너무 커서 청력을 훼손할 수도 있다나 봐. 그래서
귀를 닫아버린대.

영휘의 이야기를 듣고 정미는 평생에 걸쳐 울면서도, 정작 자
신이 어떻게 우는지 알지 못하는 늦여름 매미를 상상했다. 그것
이 참 서글픈 일이라는 생각을 하며.

그러는 동안 영휘는 가만히 눈을 감고 매미 울음에 귀를 기울
이고 있었다. 건물과 건물 사이로 한 폭의 빛이 비추어 들어왔
다. 옅은 빛 속에 잠겨 있는 영휘를 보며 정미는 생각했다.

시간이 천천히 흘렀으면.

창가에 서서 정미는 영휘를 오래, 바라보았다.

무겁고 습하던 공기가 산뜻해지고, 숨을 들이마시면 콧속이
시큰해질 만큼 아침 공기가 서늘해지던 시월. 매미 소리도 사라
져가고, 우화의 흔적이 고스란히 남아 있는 선퇴만이 나무줄기
에 붙어 있던 시월. 영휘가 가게에 뜸하게 들르기 시작한 것도
그 무렵부터였다. 모임이 있을 때도 그녀는 집중을 못 하고 시

시때때로 삐삐를 확인하며 공중전화 부스로 달려갔다.

다 선배 때문이지.

선배. 누군가 무심결에 내뱉은 말에 정미의 귀가 뜨였다.

선배는 아직도 시 써?

쓴대.

그걸로 벌이가 되나.

벌이는 영휘가 하지. 선배는 시만 쓰고.

영휘가 서울에 정착한 것도 선배 때문이라고 했다. 시를 쓰는 그녀 곁에 잠시라도 머물고 싶어서, 생계며 가사까지 다 짊어지고 정작 제 삶은 돌보지 못한 채 살고 있다고. 선배는 시를 놓지 못하고 영휘는 그런 선배를 포기하지 못한다고.

사랑이 그렇게 무서운 거야.

그게 사랑이라고? 정미는 속으로 반문했다. 그건 사랑이 아니라고.

한 시간이 지나서야 돌아온 영휘는 멤버들에게 사정이 생겨 일찍 가봐야 할 것 같다고 말한 뒤, 서둘러 자리를 떴다. 영휘가 떠난 뒤에도 선배에 대한 담화는 한동안 이어졌다. 듣지 않아도 좋을 두 사람의 사정이나 구구절절한 로맨스를 전해 듣는 동안 정미의 마음엔 왜인지 모를 적의가 움텄다.

이듬해 봄에 어머니가 세 번째 수술을 하며 정미는 한동안 가게 문을 닫고 집과 병원을 오가며 생활했다. 양 가슴을 절반씩 절제했는데도 암은 어머니의 몸에 두 차례나 전이되었고, 두 번째 수술이 끝나고 급격히 상태가 나빠져 다시 개복을 해야 했다.

자연히 온양회 멤버들과 영휘와의 관계도 멀어져갔다.

다방 문을 닫기 전 얼마간 정미는 영휘를 보고도 못 본 척했다. 창가 자리에서 함께 커피를 마시며 소소한 잡담을 나누었던 전과 달리 차갑고 무뚝뚝하게 그녀를 대했다. 손님을 대하는 것처럼, 아니 때로는 그것보다도 못하게.

우리 '나란히'에 갈 건데, 같이 갈래?

영휘가 물어왔을 때도 정미는 그 청을 냉정하게 거절했다.

가고 싶지 않아.

왜?

내가 갈 곳은 아니잖아.

자신도 모르게 나온 모난 말이었다. 정미는 영휘가 무슨 말이든 해주기를, 화라도 내 자신을 다그치기를 바랐지만, 영휘는 아무 말도 하지 않고 그저 쓸쓸한 미소를 지은 채 멤버들과 함께 가게를 나섰다.

가게 문을 닫은 지 석 달이 지났다. 어머니를 병간하는 사이,

정미는 영휘가 자신에게 노여움을 품고 있지는 않을까, 하는 생각이 들었고 그 마음을 떨쳐버리려 노력했다.

*

1994년 여름. 혹서라고 부를 만한 더위가 지속되고, 땅이 가물어 비포장도로에도 아지랑이가 일던 그해에 정미의 어머니는 운명했다. 예감은 했지만 고별의 충격은 가볍지 않았다. 실의에 빠진 정미를 대신해 남편이 상주를 도맡아 부고를 알리고 사망진단서며 빈소를 택했다.

쉴 새 없이 밀려들던 조문객이 빠져나가고, 한산한 틈을 타대입을 준비하던 큰애가 작은애와 함께 집으로 돌아간 뒤였다. 남편과 둘이 빈소를 지키던 정미의 앞에 영휘가 나타난 것은.

부고를 미처 전하지도 못했는데, 영휘와 온양회 멤버들은 어떻게 알았는지 문상을 왔다. 검은 정장을 입고, 조객록에 서명하는 이들을 보며 정미는 흠칫하면서도 반가운 기색을 감추지 못했다. 여름이 두 번 지나는 사이, 영휘는 많이 뒤바뀌어 있었다. 짧게 유지하던 머리를 단발로 길렀고, 늘 입던 남방 대신 검은 셔츠와 굵은 타이를 단정히 차려입고 있었다. 오른손으로 향을 잡고 왼손으로 받치며 엄숙히 분향을 하는 영휘와 멤버들을 정미는 물끄러미 바라보았다.

　드문드문 찾아오는 조문객을 남편이 맞이하는 동안 정미는 식사를 하는 그들에게 다가갔다. 그들도 오랜만에 만났는지 그간의 안부를 묻고, 넘치는 이야기를 하느라 분주했다.

　사진 보니까 옛날 생각 나더라.

　빈소에 걸린 영정을 가리키며 영휘는 말했다. 항암 치료를 시작한 뒤로 어머니는 사진 찍기를 거부했고, 정미는 그녀가 오십 중반에 찍었던 사진을 영정으로 써야 했다.

　지금에서야 말하지만, 그때 여옥 씨 우리 미워했지?

　타인의 입에서 어머니의 이름을 들은 게 얼마 만인지, 가늠도 되지 않았다. 정미는 열없이 답했다.

　미워하기는.

　다 표가 났어. 애정이랑 미움은 참 쉽게 드러나잖아.

　정다운 면 하나 없이 자신들을 응대하던 여옥 씨, 다른 손님들에겐 두 개씩 주던 각설탕과 프리마를 자신들에겐 꼭 하나만 주던 여옥 씨, 다시 오라는 말을 한 번도 하지 않던 여옥 씨.

　영휘를 포함해 자리에 모인 이들 모두 그 시절의 어머니를 기억하고 있었다. 정미가 애써 외면했던 면까지. 입술을 씹으며 정미는 그들의 이야기를 잠자코 들었다. 쟤들은 어쩌다 저렇게 되었을까, 어머니가 습관처럼 하던 말도 은연중에 떠올랐다. 매정이었을까, 몰상식이었을까. 어머니는 왜 그렇게 모질었던 걸까. 그들에게 사과를 해야 할지, 어머니를 두둔해야 할지 고민하던 정미에게 영휘는 말했다.

그래도 이제는 그 마음이 이해돼. 미움도 연민도 결국엔 애정에서 비롯되니까.

온양회 멤버들이 떠난 뒤에도 영휘는 빈소에 남아 접객을 하고, 정미의 곁에서 허드렛일을 도왔다.

이제 그만 가도 돼.

남편의 눈치를 보며 정미는 영휘에게 속삭였다. 기미를 느꼈는지 영휘도 조용히 옷매무새를 다듬고 나갈 채비를 했다.

시외에 있는 택시 정류장까지 그들은 함께 걸었다. 정미는 걸음이 느렸다. 나란히 걷다가도 어느 순간이 되면 보폭이 넓은 영휘가 정미를 앞질러 걷게 되었다. 영휘가 우뚝 멈춰 설 때마다 정미는 뒤를 쫓으며 먼저 가, 하고 손을 흔들었다. 영휘는 빨리 오라는 말도, 걸음이 왜 그리 느리냐는 타박도 없이 자리에 멈춰서 정미를 기다렸다.

한여름의 나무들은 푸르고 묵묵했다. 어디선가 더운 바람이 불었고, 머리칼이 흩날렸다. 영휘의 냄새를 맡으며 정미는 조용히 웃었다.

새 옷 냄새 나.

여기 온다고 하나 샀어. 경조사에 참석할 일이 없어서 입을 만한 옷이 없더라.

영휘가 말을 이었다.

장례식도 그렇고, 결혼식은 더더욱 그렇고.

어두운 농담인지, 체념 섞인 진담인지 구분할 수 없어 정미는 그저 말을 넘겼다. 아무 말 없이 내리막을 걷고 오르막을 오르던 중 영휘가 불현듯 입을 뗐다.

있지. 너도 날 미워한 적 있니?

내가 널 왜…….

말은 그렇게 했지만, 돌이켜보면 멀지 않은 과거에 그녀를 미워했던 적이 있었다. 그건 미움이었을까, 미움을 가장한 애정이었을까. 정미는 여전히 헷갈렸다.

정류장에 도착했는데도 택시는 한참이나 오지 않았다. 한없이 기다리다 영휘가 먼저 들어가라며 정미를 보냈다.

너 가는 거 보고 갈게.

아냐, 택시가 늦게 올 것 같아서 그래.

됐어, 먼 길도 아닌데. 혼자 가도 충분해.

……그럼 좀 걸을까?

영휘의 말에 정미는 머뭇대다 고개를 끄덕였다. 두 사람은 다시 오르막을 오르고, 내리막을 내려갔다. 왔던 길을 거슬러 나란히 걸어가며 그들은 생전 나누지 않았던 이야기를 이어갔다. 이를테면 멤버들의 소식—동성혼을 신청하러 동사무소에 갔다 동성동본 결혼을 합법화해달라는 말이냐는 촌극을 겪고 그대로 되돌아왔다는 이야기, 동경으로 성전환 수술을 하러 간 누군가의 이야기—영휘가 선배와 지냈던 마지막 1년 동안의 기억, 막노동을 하며 번 돈을 선배가 모조리 들고 떠나가버린 것, 정미와 남편이 맞벌이를 하는 동안 훌쩍 커 어른이 되어버린 큰애와 중학교에 입학한 뒤 넉 달 동안 자신과 말을 안 했던 작은애. 영휘는 선배가 버리듯 내팽개치고 간 시편을 전부 찢었다는 이야기를, 정미는 잠을 자지 않고 보채는 작은애의 이유식에 술을 탄 적이 있었다는 고백을, 한때 영휘를 미워한 적이 있었다는 것을 실토했다. 더듬더듬 말을 잇는 정미에게 영휘는 다 괜찮다고 말했다.

몰라서 그랬을 거야. 몰라서 뒤늦게 후회하는 일들이 우리에겐 너무 많잖아.

서로의 접점만을 짚어나가던 이전과 달리 두 사람은 조금 더 내밀한 마음을, 깊고 진솔한 전사를 나누었다.

가로등이 없는 골목에 들어섰을 때, 정미는 영휘의 손을 잡았다. 어디서 그런 용기가 났을까. 상실감에서 비롯된 고적함 때문이었을까, 치기였을까. 그것도 아니면 오래간 품어왔던 성애나 연모의 감정 때문이었을까. 무엇이 되었든 그 밤에는 다 괜찮게 느껴졌다. 무엇이든 다 용인되고 가능한 밤. 그래서 더욱 짧게 느껴지는 밤.

골목을 느리게 지나 장례식장 앞에 당도했을 즈음, 정미는 영휘의 손을 놓았다. 주차장에 남편이 서 있었다. 남편은 그들을 빤히 바라보았다. 가슴이 울렁거렸다. 정미가 변명하듯 말했다.

택시가 안 잡혀서…… 되돌아왔어.

고생했네, 날도 더운데.

말하며 남편은 예의 신사적인 미소로 영휘를 배웅했다. 영휘는 묵례를 한 뒤 그대로 돌아섰다. 영휘의 발소리가 멀어지는 것을 정미는 가만히 듣고 있었다.

빈소로 되돌아가는 길에 남편은 조용히 물었다.

여고 동창이야?

침묵하는 정미에게 그는 되물었다.

아니면 대학 동기?

영휘와의 관계를 어떻게 정의해야 할지 몰라 정미는 카페 손님, 하고 대강 얼버무렸다. 거기서 남편이 더 캐물었다면, 의심하고 추궁했다면 정미는 무슨 말이라도 더 했을 것이다. 하지만 그뿐이었다. 그들이 손을 잡고 있는 것을, 두려움도 잊은 채 꼭 붙어 있는 것을 남편도 봤을 것이었다. 그러나 그는 아무 내색도 하지 않았다. 겁이 많은 사람이었고, 성정이 조심스러워 말도 사랑도 조심스럽게 하던 사람이었으니까.

남편은 질문 대신 정미의 손을 잡았고, 정미는 그 손을 슬그머니 뿌리쳤다.

3.

'나란히'는 2005년에 철거되었다. 벽체가 헐리고 그 자리에 다른 건물이 들어서는 것을 지켜보며 정미는 왜 한 번도 이곳에 들르지 못했을까, 탄식했다. 그 시기에는 허물어진 터에 건물이 중축되고 신축되는 일이 허다했다. 명동의 기류가 하루가 다르게 변하던 시기였다. 밀물 들어오듯 여기저기서 관광객이 유입되었고, 썰물 빠지듯 오래된 전통찻집이며 다방이 카페로 재건축되었다.

목이 좋은 곳은 아니었지만, 주변 땅값이 상승하며 로즈다방의 매매가도 따라 높아졌다. 그 시기에 남편은 하루가 멀다 하고 가게를 팔자며 성화였다. 물욕과는 거리가 멀고 경제에 깜깜하던 남편도 감지할 수 있을 만큼 명동의 지가는 활기를 띠고 있었다.

당신 부동산 하는 기욱이 알지? 걔가 그러는데 지금 팔면 노 난다네. 이번 기회에 가게 처분하고 그 돈으로 크루즈 관광도 가고 스위트룸에도 묵고…… 그러면서 살아보자고.

반생을 가게에 매어 지내야 했고, 주말에도 가게에 나가는 정 미를 남편은 안쓰러워했다. 하지만.

둘째 대학 졸업하면 그때, 그때 팔아요.

정미는 남편의 청을 잘라 거절했다.

장모님 때문이야? 장모님한테 물려받은 가게라 팔기 힘든 거 야?

자신이 가게를 왜 처분할 수 없는지, 로즈다방이라는 케케묵 은 상호를 바꿔 달지도 않고 여태 왜 그대로 쓰고 있는지 정미 는 알고 있었다. 그러나 남편에게는 이 모든 것을 바로 말하기 가 어려웠다. 아무 말도 못 하고 뜸을 들이는 정미에게 남편은 말했다. 혼잣말하듯 나지막이.

그래, 그렇겠지. 다 내가 모를 이유가 있는 거겠지.

그때 왜 가게를 팔지 않았을까, 살다 보니 후회되는 순간이 종종 있었다. 큰애의 결혼 자금을 제때 마련해 주지 못했을 때, 가게를 처분하고 부동산으로 자본을 불린 이웃의 안부를 전해

들었을 때, 적기를 놓쳐 가게를 팔지 못했을 때.

　남편과 이혼을 하게 된 배경에도 그 영향이 있었다. 돈이 단초가 되긴 했지만 어쩌면 그 전부터 그와의 사이는 서서히 어긋나고 뒤틀리고 있었던 것은 아닐까, 정미는 종종 생각했다. 이혼 서류를 가정법원에 제출하고 오던 날, 남편은 말했다.

　당신은 속 모를 사람이야. 당신도 모를걸. 당신이 무슨 생각을 하는지.

　부정하고 싶었으나 그 말이 전부 맞았다. 감정을 명징하게 짚어내지 못해 갈팡질팡하다 그르친 일이 많다고, 영휘와의 관계도 그렇게 끝나버렸다고 정미는 생각했으니까.

　명동 땅값이 천정부지로 치솟던 2000년대 말이었다. 정미가 아직은 가정을 유지하고 있었을 때였고, 건설 노동자에서 택시 운전기사로 직종을 바꾼 영휘도 반년에 한 번씩은 가게에 차를 마시러 오곤 했다. 10년도 더 지나는 동안 온양회는 와해되고, 이젠 영휘만이 간간이 왕래할 뿐이었다.

　하루는 영휘가 젊은 여자 둘과 가게를 찾은 적이 있었다. 두 여자 모두 쇼트커트에 품이 넉넉한 셔츠를 입고 있어서 꼭 젊은 시절의 영휘를 보는 것 같았다. 젊은 애들답게 그들은 다방 내부를 신기하다는 듯 훑어보았다. 가운데가 푹 꺼진 감색 소파와

겉칠이 벗겨진 직사각형 테이블을, 천장에 달린 실링팬과 몇 년 간 모인 노트에 구멍을 내고 실로 엮어 두툼해진 방명록을 하나하나 찬찬히. 카운터에 앉아 있던 정미와 눈이 마주치자 그들은 미소를 지으며 인사를 했다. 정미도 소리 없이 목례를 보냈다. 영휘와 두 여자는 창가 자리에 앉아 세 시간도 넘게 이야기를 나누었다. 주로 영휘가 대화를 주도했고, 두 여자는 고개를 주억이고 경청하는 자세를 취하며 그녀의 얘기를 랩톱에 받아 적었다. 어떤 사이일까. 영휘가 다른 누군가를 데려온 건 처음이었다.

저녁 시간이 지나자 가게 안이 손님들로 북적였다. 사람들의 수선함에 세 사람의 말소리는 묻혔고, 정미는 직원과 함께 분주히 음료를 만들고 서빙을 하느라 영휘를 살필 겨를이 없었다.

어느 정도 수선함이 가시고 저녁 손님들도 하나둘 떠나갈 때, 여자들이 먼저 자리에서 일어났다.

선생님, 조만간 또 봬요.

그래, 그러자.

자리에 남아 커피를 마시는 영휘를 향해 거듭 작별 인사를 한 뒤 그들은 가게를 나섰다. 여자들이 떠난 직후, 정미는 영휘에게 다가가 조심스레 물었다.

누구야?

내 후배들.

자신보다 서른 살은 어린 아이들인데, 저 아이들을 보고 있으면 옛 생각이 난다고. 우리와는 다르게 용감하고 사랑에 가감 없는 아이들이라 더 각별하고 애착이 간다고. 말끝에 영휘는 덧붙였다.

저 애들이 너를 궁금해해.

나를…… 왜?

유일하니까, 우리를 받아주었던 공간도, 너도.

영휘는 그 애들이 노년 레즈비언의 삶을 기록하고 싶어 한다고, 더불어 우리들이 젊은 시절부터 드나들던 로즈다방까지도 아카이빙하고 싶어 한다고 전했다. 한때 명동엔 많은 레즈비언 업소가 있었지만, 이젠 다 없어지고 여기가 유일하다는 설명에 정미는 잠시 침묵했다. 영휘가 반복하는 '유일하다'는 말이 부담스러웠다. 레즈비언 업소라는 말도 조금 거슬렸고.

어디에 소개되는데?

시사 주간지에. 특집으로 실릴 거야.

그거 꼭 기록해야 하는 거야?

……왜?

그게 왜 필요할까 싶어서. 내가 낄 일도 아닌 것 같고.

얽히기 싫다는 말이야?

그런 말이 아니라…….

나한테는 그렇게 들려.

영휘의 표정은 냉담했다. 이제껏 둘 사이에는 한 번도 갈등이 지펴진 적이 없었지만, 그날은 좀 달랐다. 감정이 널을 뛰었고 언쟁이 오갔다. 영휘가 말한 주간지는 남편도 구독하는 것이었다. 로즈다방이 레즈비언 업소로 소개된다는 것이, 혹여나 아이들과 남편이 읽으면 어쩌나, 하는 불안감이 정미를 엄습했다. 무거운 침묵이 이어졌다. 영휘는 한참 만에 숨을 고르고 말을 이어나갔다.

우리에겐 기록이 필요해. 이곳에서 나 같은 사람이 또 있다는 걸 알았던 것처럼, 우리 후배들도 알아야지. 자신과 같은 사람이 지금도, 전에도 존재했다는 걸.

네가 불편하다면 거절 의사를 전하겠다고 영휘는 답했다. 혼란스러운 감정을 다스리며 정미는 차분히 말을 골랐다.

그래, 조금 더 생각해볼게.

차일피일 연락을 미루다 보름이 지난 뒤에야 정미는 겨우 영휘에게 전화를 걸었다. 연결음이 줄곧 이어졌다. 전화를 끊으려 할 때쯤 영휘의 목소리가 들려왔다.

정미야.

영휘야.

정미는 어렵게 그녀의 청을 검사했다. 영휘는 네 뜻을 알겠다고 했다. 딱 그 말만 했다. 수화기 너머에서 느껴지는 상심과 실망감이 견딜 수 없어 정미는 섣부르게 말을 보탰다.

그래도 나는 너를 항상 응원해.

응원. 영휘는 그 말을 여러 번 되뇐 뒤, 답했다.

정미야, 난 너한테 그런 말 듣고 싶지 않아.

*

병원에서 다발성 신경병증 진단을 받고 얼마 지나지 않아서였다. 찬장 안 깊숙이 손을 넣어 잔을 꺼내려다 정미는 균형을 잃었다. 유리잔 몇 개가 바닥에 떨어졌고, 날카로운 파열음에 놀란 직원이 주방으로 뛰어 들어왔다.

괜찮으세요?

대답도 못 한 채 정미는 산산이 조각난 유리잔을 멍하니 바라보았다.

불과 5년 전까지만 해도 평일 주말 할 것 없이 가게에 나와 일을 보았지만, 어지럼증이 심해진 뒤로는 일주일에 나흘은 직원에게 맡기고 이틀만 일했다. 그마저도 컨디션이 난조가 아닐 때만 겨우.

회갑이 지났고, 두 아이는 모두 결혼했으며 남편은 남해로 내려가 그곳 여자와 재혼했다. 많은 것이 뒤바뀌었고 많은 것이 사라졌다. 한때 정미를 괴롭게 했던—때론 꿈으로까지 나타나던—영휘에 대한 상념도, 후회도 5년 사이 차츰차츰 스러졌다.

정신을 차리고 깨진 유리 조각을 그러모으다 정미는 불현듯 생각했다.

기억이란 참 연약한 것이구나.

이제는 영휘에 대해 생각해도 무감각하다는 사실이 아팠다.

깨진 잔을 새로 사서 돌아오는 길에 정미는 그들을 보았다.

번잡하던 명동 거리가 그날은 더 복잡했다. 사람들 속을 헤치며 걷던 중에 정미는 그것이 퍼레이드라는 것을 직감했다. 무지개 깃발을 들고 대사관부터 명동성당까지 줄지어 행진하는 이들을 정미는 물끄러미 보았다. 자신과 반대 방향으로 걷는 이들을 물끄러미.

'사랑은 혐오보다 강하다'는 표어를 내걸며 서로 손을 잡고, 더위를 참아가며 앞으로 나아가는 이들. 거리엔 자기 모습을 그대로 표출하는 이들도 가득했다. 짙은 화장을 하고 가발을 쓴 드래그 퀸, 투 블록 커트를 한 여성들, 무지개색 옷과 가방을 든 사람들. 행렬 가운데 서서 사진을 찍고, 사진을 찍어달라 부탁하는 사람들.

우리에겐 기록이 필요하다고 말하던 영휘가 떠올랐다.

영휘도 이곳에 섞여 있는 건 아닐까. 막연한 기대를 품고 정미는 행렬을 따라 천천히 이동했다. 무지개 페이스 페인팅을 하고 화사하게 웃고 떠들며 무리를 이루는 이들 중에 정미 또래는 찾아볼 수 없었다.

한참을 더 가보니 같은 연배의 노인들이 보이기는 했다. 그들은 길바닥에 드러눕고, 행렬을 가로막고, 퍼레이드 차량을 끌어당기며 행진을 방해했다. 동성애를 인정하지 못하겠다는 외침이 거리에 울려 퍼졌다.

나아가려는 사람과 막는 사람. 곧 수십여 명이 뒤엉켜 주변은 아수라장이 되고, 퍼레이드는 잠시 중단되었다. 경찰은 단단하고 묵직한 방패로 사람들을 진압했다. 고성이 들렸고 누군가 쓰러졌다. 유리잔이 담긴 종이봉투를 품에 쥔 채 정미는 부동자세로 서 있었다.

이편과 저편 중 나는 어디에 서 있을까.

어디에 서 있어야 할까.

난장 속에 잠시 서 있다 정미는 발길을 돌렸다.

4.

다시 네 번의 여름이 지났다. 2020년으로 넘어가던 해엔 유례 없는 범유행 전염병이 돌았다. 전염병 확진자가 천 명대에 육박하고, 항공 규제까지 시작되자 사람으로 붐비던 명동도 고적해졌다. 임대가 붙은 건물이 늘고 공실이 생기고 반세기 동안 곁을 지켜온 가게들도 줄줄이 문을 닫았다. 로즈다방도 예외는 아니었다. 그나마 남아 있던 단골들로 겨우 명맥을 유지하고 있었으나 근처에 대형 프랜차이즈 카페가 생기며 밑지는 일이 더 많아졌다.

6년간 일한 직원에게 어렵게 해고를 통보하던 날, 정미는 늦게까지 남아 조용히 짐을 부렸다. 나흘 뒤 가게를 철거하기로 결정지은 상태였다. 매매로 내놓은 가게는 다행스럽게도 일찍이 팔렸다. 헐값으로 내놓은 것이었지만, 작은애의 사업 자금을 충당하기 위해서는 별수가 없었다. 팬데믹이 번지기 직전 일식당을 차린 작은애는 이틀에 한 번꼴로 정미에게 전화를 걸어 고충을 토로했다.

그 다방, 팔면 안 돼요?

아이의 말에 오래전 남편과의 갈등이 중첩되었다. 아이와는 돈을 놓고 쌍심지 켠 채 싸우고 싶지 않았다. 미숙해서 제대로 못 했던 엄마 노릇을 이렇게라도 할 수 있으니 다행이라고, 차라리 잘되었다고, 정미는 생각했다. 돌이켜보면 이제는 가게를 더 유지할 명분도 찾을 수 없었으니까.

인부들은 주방에 자그마하게 딸린 싱크대부터 블렌더와 커피머신, 제빙기까지 하나하나 철거해 갔다. 짧게는 5년, 길게는 40여 년 넘게 쓰여온 기계들이 분해되고, 기물들이 차례로 옮겨졌다. 드릴로 벽을 뚫는 소리, 짐을 나르고 골라내는 소리 때문에 귀가 아팠다.

찬장을 가득 채웠던 유리잔이며 티 포트, 그릇들, 몇 년 전 설치했던 벽걸이 에어컨과 겨울이면 협소한 실내를 따뜻하게 덥혀주었던 오래된 석유난로까지 염가에 처분하기로 했다.

이것도 같이 치워드릴까요?

인부 중 하나가 카운터 서랍 안에 있던 공책 더미를 가리켰다. 그게 무언지 잠시 떠올리다 정미는 그를 만류했다.

아뇨, 그건 제가…… 제가 가져갈게요.

일몰 전에 공사가 끝났다. 정미는 빛이 옅게 비추어 드는 창가 자리에 동그마니 앉아 주변을 둘러보았다. 가게는 이제 폐허나 다름없었다. 골조가 드러나고 분진이 흩날리고 조명까지 떼어져 괴괴하기 그지없었다. 로즈다방을 가득 채우던 사람들의 열기와 냄새, 고즈넉함은 이제 흔적조차 남아 있지 않았다.

챙겨두었던 방명록이 불현듯 떠올랐다. 모서리가 뭉뚝해지고 책등이 바랜 방명록을 앞장부터 천천히 넘겨보다 책엽이 접어져 있는 부분에서 멈춰 섰다. 영휘가 적어놓은 문구였다.

서로 꼭 붙어 있는 우리 두 소녀
하나가 다른 하나와 절대 떨어지지 않아
길거리를 이리저리 함께 거닐고
북으로 남으로 짧은 여행을 떠난다네

휘트먼의 시였다. 무심결에 책장을 넘기려다 정미는 공책 귀퉁이에 적힌 작은 글귀를 발견했다. 눈을 가늘게 뜨지 않으면, 주의를 기울이지 않는다면 찾을 수 없을 만큼 작게 쓰인 단정한 필체.

정미야, 우리에게 다른 결말이 있기를 난 기다리고 있어.

여닫이창 너머에서 매미가 울고 있었다. 늦여름이었다. 방명록에 적힌 글을 읽으며 정미는 조용히 속삭였다.

있지, 나는 생각해. 한 번이라도 용기를 냈다면 어땠을까. 그랬다면 우리에게, 아니 내게 다른 결말이 있지 않았을까.

매미가 운다.

이제야 울고 있어, 영휘야.

작가 노트

　늦여름에 우는 매미를 만선晩蟬이라 부른다는 것을 오래전 누군가에게 들었다.

　다 늦은 계절에 홀로 우는 매미를 떠올리며 조금 슬퍼했던 것 같다.

　뒤늦게 깨달은 사랑에 대해 그려내고 싶었다.

　용기가 없어서, 주춤대고 머뭇대다 후에야 그것이 사랑이었지, 깨닫게 된 사람의 이야기를.

이제는 희미해진 명동과 퀴어의 나이테 위에 짙은 사랑을 덧대는 마음으로 소설을 썼다.

그 마음을 당신도 느낄 수 있기를 바란다.

성해나

소설집 《빛을 걷으면 빛》 등이 있다.

큐큐퀴어단편선 5 《나의 레즈비언 여자 친구에게》
독자 북펀드에 참여해주신 모든 분께
감사의 마음을 전합니다.

BEAN.	김마리	김태희
D. Y. Lee	김명신	김팬
Hyejin	김명지	김하연
KYJ-JHJ	김미현	나라
Lee Shine	김민주	나비매듭
rastorm	김민지	나비와 모래
SJH	김민지	나의 여자친구에게
unreal.K	김보나	나혜린
Watermen	김보라	남잔잔
강나현	김보라	남현주
강다희	김새연	노정은
강승주	김수정	눌눌쓰
강아영	김아린	다운
고나경	김아영	당신을사모예드
고유진	김예겸	도선
고정민	김예원	독서모임온보드
구유	김우람	랑이호야
권지나	김윤경	로이
김 두유	김은영	류다현
김계피	김지수	만냥

메이지
명
문송희
문아영
문혜민
문힐
민서희
민심바
민지
민트초코비언
박다솜
박범현
박선
박솔희
박윤혜
박재연
박재연
박지성
박지형
박지혜
박진솔
박진은
배정한
배현숙
버드나무
사랑이 이길 테니
사랑합시다

성해나
소한
손승아
손예린
송시
송애경
수세미와 퐁퐁
신체리
심아린
심완선
아샬
아임낫
안민정
얌이선배
양인옥
양한울
양혜진
엉귯
연지
오순록
오윤주
올리브
완독러
유월
유혜정
윤지안
이강숙

이경진
이그림
이동빈
이루리
이보배
이수정
이승민
이아름
이야기
이웅이웅
이종산
이주행
이주혜
이지훈
이진현
이팥빵
이혜민
이혜오
일흔70
장순주
장희연
전우선
전지영
정다원
정도경
정명화
정상철

정소연	천지욱	현소현
정여름(아라)	첫봄	홍세미
정원	초록	홍예린
정한새	최글루	황정현
정해	최인영	희동
조르	최효원	
조우리	켈리	외 27명
조윤정	하얀정원집고래	총 199명 참여
조진미	한연희	
지 안	한울	
진영	한재현	
채선화	핫핑크소피아	
채채	현민	

나의 레즈비언 여자 친구에게

2022년 10월 25일 초판 1쇄 발행

지은이	이유리, 아밀, 송경아, 이주란, 김유진, 이주혜, 성해나
펴낸곳	큐큐
기획진행	최성경, 이유나
편집	김준섭

출판등록	2018년 6월 18일 제2018-000043호
팩스	0303-3441-0628
이메일	qqpublishers@gmail.com
ISBN	979-11-91910-07-0 04810
	979-11-964381-0-4 (세트)

ⓒ 이유리, 아밀, 송경아, 이주란, 김유진, 이주혜, 성해나 2022. Printed in Seoul, Korea